책 이 ✧ 필 요 한 ✧ 시 간

책이 필요한 시간

발행일 2024년 6월 5일

지은이 하주은
펴낸이 손형국
펴낸곳 (주)북랩
편집인 선일영
편집 김은수, 배진용, 김현아, 김다빈, 김부경
디자인 이현수, 김민하, 임진형, 안유경, 신혜림
제작 박기성, 구성우, 이창영, 배상진
마케팅 김회란, 박진관
출판등록 2004. 12. 1(제2012-000051호)
주소 서울특별시 금천구 가산디지털 1로 168, 우림라이온스밸리 B동 B113~115호, C동 B101호
홈페이지 www.book.co.kr
전화번호 (02)2026-5777
팩스 (02)3159-9637

ISBN 979-11-7224-146-9 03800(종이책) 979-11-7224-147-6 05800 (전자책)

책이 필요한 시간

하주은 지음

북랩

들어가며

나의 20대는 터널 속을 달렸다. 달리고 달려도 여전히 터널.

"아프니 청춘이다"라는 말, "젊어 고생은 사서도 한다"는 그런 말들이 참 싫었던 때였다. 삶은 너무 고단했고, 작은 내게 세상은 가혹했다.

새벽에 일어나 토익학원을 시작으로 장학금을 놓치지 않기 위해 악착을 떨며 공부하고, 알바로 찌든 몸을 막차에 실어 집으로 가는 고단한 길. 늘 터널을 지나곤 했다.

내 인생은 터널 속이 아닐까? 언제쯤 이 깜깜한 터널을 다 지나가는 걸까? 그런 생각들을 했었다. 터널 속을 달리면 앞이 안 보이는 깜깜한 시간이 있고, 멀리 빛이 보이는 시간이 있다. 그런데 어쩐지 깜깜한 시간보다 멀리 조금의 빛이 보이는데, 난 여전히 깜깜한 이곳에 있는 그 찰나가 참 싫었다. 현실의 터널 속 시간은 잠시만 참으면 지나가는데 비유로서의 빛이 보이기만 할 뿐 터널은 끝이 없었다. 차라리 깜깜하면 시작점이다, 생각하고 열심히 달려갈 텐데, 중간을 지나 끝이 보이는, 저기 저, 금방이라도 손이 닿을 듯한 곳에, 빛이 보이는 터널 막바지 지점에 마치 시시포스처럼 돌을 굴리며 서 있는 기분이란 잔인했다.

등산을 할 때도 고지가 보이는 그 지점에서 숨은 더욱 헐떡거리고, 심장은 터질 듯이 요동친다. 가파른 길, 마지막의 오르막, 저기 저 눈앞에, 바로 코앞에 정상이 보이는데 내 앞엔 여전히 울창한 숲. 그때가 가장 힘이 든다. 그러나 돌아가기엔 너무 멀고, 희망은 손에 잡힐 듯 눈에 선연하다.

몇백 개의 케틀벨을 들었다 놓았다를 반복. 마지막 열 번. 그것만 하면 끝이다. 온몸에서 땀이 줄줄 흐르고, 심장은 살아 있음을 터질 듯이 외치는 그 시간. 도저히 할 수 없을 것 같은 열 번. 그때가 가장 숨찬 지점이다. 그런데 그 순간의 반복이라니!

반짝일 거라 했던, 아름다울 거라 했던 나의 20대는 뫼비우스의 띠 위를 걸어가고 있었다. 앞자리가 3으로 바뀌어도, 나아질 것 없는 그 시간. 겉인지 안인지도 모르고, 언제 끝날지도 모르는 그 젊음. 나아짐 없는 그 시간. 살아남고 싶었던 그 시간. 그 시간을 어떻게 살아 내야 하는지 혼란스럽고 방황했던 때, 참으로 듣고 싶은 해답들을 나는 늘 책에서 발견하곤 했다.

그 시간을 뒤돌아보며 나를 붙잡아 주었던 건 비극 속의 주인공들이었다. 책 속의 비극은 현실의 아픔을 가벼이 하는 힘이 있어서 그 여정을 따라가다 보니 어느새 마흔을 지나쳤고, 나이지만 내가 아닌 내가 되었다.

공자는 마흔을 '불혹'이라고 했다. 완벽하게 맞다는 생각이 들진 않지만, 어느 정도 맞다 여겨진다. 뒤돌아보면 책과 함께 그 터널을 무사히 지나올 수 있었다. 이토록 책을 읽지 않는 시대에 책이 고리타분한 이론으로 세상에 동동 떠다니는 것이 아니라 현실에 실질적으로 도움이 됨을 말하고 싶다.

젊음의 무게가 한없이 무거운 어떤 스물이, 어떤 서른이 이 마음을 받아 어두운 터널을 쉬이 통과하는 법을 알게 되길 바란다. 시시포스의 반복이 지루함이 아닌 도전이 되기를 바란다. 반복 속에서 행복한 차이를 발견하기 바란다.

차례

한 발 더 나아가는 시간

세상과 어울리는 시간

나를 정돈하는 시간

1.
내 꿈을 놓고 싶을 때

가난은 꿈을 짓밟지 못해

가난이란 어떤 것일까? 그것이 인간에게 어떤 작용을 할까?

지인의 이야기다. 어린 시절 너무나 가난해서 매일같이 죽어 버리고 싶었다고 했다. 겨우 여덟 살밖에 안 된 아이에게 학교만 다녀오면 아버지가 시키는 일이 있었다고 한다. 바로 주전자를 내밀며 막걸리를 사 오라는 것이다.

허리가 휘어지도록 일하는 엄마는 늘 집에 없고, 일하지 않고 늘 술에 취해 있는 아버지는 어린 아들에게 술 심부름을 시킨다. 술이 가득 든 주전자가 너무 무거워 논두렁에 조금씩 뿌려 가며 집으로 겨우겨우 가는 어린 남자아이. 어떤 날은 너무 많이 술을 쏟아 버려 왜 이것밖에 없냐며 불같이 화를 내는 아버지. 그래서 다음 날은 적절하게 머리를 써 가며 논두렁에 뿌렸다. 표 나지 않게 살살. 그 막걸리의 무게와 슈퍼 아줌마의 눈초리가 힘겨워 어린 남자아이는 죽고만 싶었다.

한 날은 머리카락을 먹으면 죽는다는 이야기를 들었다. 자신의 머리를 한 움큼 쥐어뜯어 입 속에 틀어넣었다. 아무리 삼켜 보려고 해도 삼켜지지가 않아 들고 있던 막걸리를 조금씩 먹어 가며 머리카락을 겨우겨우 삼켰다.

이제 죽을까? 죽기를 기다렸지만 죽지 않았다. 에잇! 속았다. 머리카락을 먹어도 사람은 절대 죽지 않는다는 사실을 알게 되었다. 괜히 머리카락을 삼키느라 고생했다 싶어 억울했다.

중학생이 되기까지 그럭저럭 죽지 않고 살았다. 갑자기 집은 도시로 이사를 갔다. 번잡한 도시 한 구석 단칸방에서 여섯 식구가 살았다. 도시로 이사를 했지만 나아진 건 없었다. 오히려 바퀴벌레와의 전투가 시작되었다.

밤늦게 집으로 오면 불을 켜기까지 방을 걸어가려 치면 발바닥에서 툭툭 바퀴벌레 터지는 소리가 났다. 얼마나 큰지, 이게 정말 바퀴벌레인가 싶었다. 밤이 늦을수록 한두 마리의 바퀴벌레가 나오는 것이 아니라 우르르 떼로 몰려나오는지라 나중엔 발바닥을 떼지 않고 방바닥을 훑듯이 걸어 스위치까지 가 불을 켰다. 어둠을 몰아내고 빛이 온 방에 퍼지면 바퀴벌레들은 갑자기 우르르 자기 집으로 도망을 갔다. 그 떼를 보면 모골이 송연해진다. 매일같이 보아도 익숙해지지 않는 광경이다.

그럼에도 불구하고 그 어린 남자아이는 꿈을 이루었다. 가난은 그 꿈을 짓밟지 못했고, 오히려 작가가 되는 길의 소재가 되어 주었다. 지금은 작가라는 직업을 달고 웃으며 그때의 가난을 안주 삼아 이야기할 수 있는 그런 분이 되었다.

크누트 함순에게도 가난이란 그런 것이었다. 작은 농장에서 빈농의 아들로 태어나 겨우 15세 소년이 방랑 생활을 시작했다. 그런 그가 노벨문학상을 수상하는 영예를 얻었다.

그의 책 『굶주림』은 작가의 삶을 그대로 투영한 듯한 책인 것 같다. 작가가 가난한 생활 속에서도 글쓰기를 포기하지 않고, 굶주린 일상을 투영하듯 쓴 소설이다.

이 소설을 읽다 보면 아큐가 생각난다. 아주 똑같지는 않지만, 이 책 속 주인공(탕겐)도 대단히 가난한 상황인데도 어이없게 다른 거지들을 돕는 행동을 보인다. 그러면서도(실제로 거지 같은 모습이면서도) 자신은 다른 거리의 거지들보다 좀 더 나은 사람임을 보여 주고 싶어 한다. 스스로를 자기 합리화 하는 모습이다. 굶을지언정 자존심을 꺾지 않는 모습. 굶더라도 작가의 고고함을 지키고 싶은 모습.

그래서 그는 먹을 수 있는 상황 속에서도 더욱 굶게 된다. 어쩌다 생긴 영감으로 꽤 좋은 글을 쓸 때면 심하게 기뻐한다. 별것 아닌 호의에도 과도한 의미를 부여한다. 하릴없이 거리를 소요하면서도 마치 대단한 일을 하는 양 행동하고, 생각한다.

그러면서 끝끝내 연필을 부여잡고 있는 모습이 안쓰럽다. 차라리 꿈을 포기해 버리는 것이 좋지 않을까, 하는 생각마저 들게 한다.

읽는 내내 이 사람은 어디까지 참고 글을 쓸 수 있을까, 궁금했다. 그러나 이상은 현실을 이기지 못했다. 결국 그는 연필을 놓고 어선을 타며 소설은 끝이 난다.

어선 안 어딘가에서 그는 계속 글을 쓰게 될까? 아니면 물고기를 잡느라 너무 피곤한 나머지 영영 절필해 버릴까?

실제 작가는 끝끝내 글을 써서 노벨문학상까지 거머쥔다. 이런 사람이 현실에서 몇이나 될까?

삶이 아무리 거칠고 힘들더라도 어선을 탄 탕겐은 아무래도 펜을 놓지 못했을 것 같다.

그는 '내 영혼에는 그늘이 한 점도 없다.'고 말한다.

우리는 흔히 마음에 그늘이 없다고 표현하면 그건 긍정적 의미이다. 마음에 어두운 구석이 없다는 뜻이다. '참 그늘 없는 사람이다!'라고 표현한다면 그건 아주 밝고 활발하고 쾌활한 사람을 떠올리게 된다.

그러나 이 소설 속의 이 문장은 그런 의미로 보이지 않는다.

그늘이란 뙤약볕을 피할 수 있는 휴식의 공간, 시원한 공간, 안식의 공간이다. 그런 의미에서 주인공에게 그늘이 한 점도 없다는 것은 그러한 안식처가 없어 마음이 여유롭지 못하다는 의미로 느껴진다. 그래서 그는 결코 펜을 놓을 수 없었을 것이다. 그에게 글쓰기는, 꿈은 그늘이었을 테니 말이다. 물고기를 잡느라 피곤한 육체를 이끌고 어선의 어디 귀퉁이에서라도 눈을 반짝이며 물고기를 잡는 일에 대해서라도 글을 썼을 탕겐이다.

'금방 삶이 좀 더 쉽게 생각되기 시작했다.'

한없이 바보 같은 사람. 배가 고파 너무나 힘들다가도 그는 글의 완성을 꿈꾸고 행복해한다. 아직 완성되지 않은, 완성될 가능성보다는 그렇지 않을 가능성이 많음에도 불구하고, 그는 빨리 행복해한다.

'적어도 나는 미래가 조금도 두렵지 않았다. 내게는 여러 가지 방법이 많았다. 그러니 이렇게 아름다운 날, 팁을 좀 주었다고 한들 이 알지도 못하는 사람이 무슨 상관이란 말인가?'이 무슨 말로 다 하지 못할 넉넉함인가! 무슨 배짱인가!

굶어 죽을 것 같은 때에도 그는 팁을 준다.

내가 가장 나쁜 상황에 있으면, 더 이상 나빠질 것도 없는 상황이라면 어쩌면 이 주인공처럼 무서울 게 없을 것 같기도 하다. 우리가 무서워하는 것은 내가 가진 무언가를 상실하게 될까 봐, 지금보다 더 안 좋아질까 봐 두려운 마음이 더 큰 것이다. 최악의 상황에서 인간은 오히려 두렵지 않을 수 있을 것 같다.

"그러면, 안녕히."

작가는 중간중간 이런 말을 쓴다. 이것은 무슨 의미일까?

우리가 자주 하는 "안녕하세요?"라는 인사말이 참 의미심장하다. 그사이 무슨 일 없이 잘 있었냐는 뜻이 아닌가!

우리나라에선 "식사하셨어요?"라고 인사를 한다. 하도 굶고 산 민족이라서 생겨난 인사말이라고 한다. 작가는 왜 이런 말을 갑자기 툭 튀어나오듯 썼을까?

굶주려하는 주인공의 마음이 아프게 '안녕'이라는 이 말에 담겨 있는 듯 여운을 남긴다. 오늘도 굶어 죽지 않고, 살아남을 것을 기원하는 마음일까? 아니면 반대로 죽더라도 이건 해 보겠다는 마음일까? 오늘이 마지막인 것처럼. 모든 것에 이별을 고하는 마음으로 오늘도 글을 쓰겠다는 작심일까?

그 순간, 하고 싶은 것을 최선을 다해서 하고야 마는 탕겐의 마음이 느껴진다. 그 어떤 상황, 그 어떤 지랄 속에서도.

'손으로 만져 쓴 글의 무게를 재어 보았다. 그 자리에서 언뜻 보기에 적어도 5크로네짜리는 되리라고 측정했다.'

그러나 현실은 처참했다. 나아질 기미는 보이지 않는다. 글 하나에 끼니가 달아났다가 붙었다가 하는 그런 일상.

그렇게 비루하게 글을 쓰더라도 결코 놓을 수 없는 꿈.

"우리가 발표하는 것들은 아주 대중적이어야 합니다. 우리가 대상으로 하는 독자들이 어떤 층인지 당신도 아시겠지요. 좀 단순하게 다듬어 보실 수는 없겠습니까? 아니면 사람들이 좀 쉽게 이해할 수 있는 다른 주제를 찾아내시든지요?" 편집장의 독설이 쏟아진다. 놀라고 기가 질리고 기운이 빠져 멍청하게 앉아 있을 수밖에 없었다.

양심을 지켜 오던 탕겐은 마침내 가난에 굴복하고 만다. 굶주림으로 인해 정직의 상실이 시작되었다. 사실, 엄밀히 말하면 도둑질은 아니었다. 주인이 착각하여 앞 손님에게 줄 거스름돈을 주인공에게 준 것인데, 그 사실을 알면서도 말하지 않았다. 그는 그 돈으로 비프스테이크를 사 먹었다. 그러나 너무 오랜만에 고기를 먹은 탓에 그만 다 토하고 말았다.

그런 탕겐에게도 로맨스가 생겼다. 한 여자의 적극적 공세. 가난은 꿈도, 사랑도 막지 못했다. 가난해도 할 건 다 한다. 인생은 언제나 우리를 들었다 놨다 한다.

'가난? 그게 뭐? 난 이게 하고 싶은데?'

탕겐은 그렇게 말하겠지.

2.
달려갈 힘을 잃었을 때

그냥 흘러가 보자

"이해하기 어려운 사람을 그대로 받아들여야 합니다. 그리고 사랑해야 합니다. 오롯이 이해할 수는 없어도 오롯이 사랑할 수는 있습니다."

영화 〈흐르는 강물처럼〉 속 목사인 아버지의 마지막 설교 내용 중 가슴을 울리는 문장이다. 영화를 보는 내내 강물에 뗏목을 띄워 놓고 흘러가는 느낌이 들게 하는 영화이다. 너무 다른 폴과 노먼 형제, 이토록 다른 아버지와 아들. 그 다름들이 섞여서 마치 강물이 흘러가듯 하나로 융합되는 과정을 잘 보여 주는 영화다.

살아가면서 우리는 숱한 다름들을 만난다. 다르다는 것은 같음보다 덜 이해될 수밖에 없다. 때때로 어떤 이들은 달라서 더 좋아하고, 달라서 더 재미있어하기도 한다. 그러나 대부분의 사람들은 자신도 모르게 다름을 틀림으로 여기거나 다름을 낯설게 여긴다. 이해되지 않기 때문이다.

영화 속 형제는 아버지의 기독교적 교육에 대해서 숱한 의문을 제기한다. 자라갈수록 이해되지 않는 아버지. 큰아들 노먼은 대학을 핑계 삼아 그런 아버지를 떠나 공부를 다 마칠 때까지 고향을 찾지 않는다. 둘째 아들 폴은 고향에서 대학을 졸업하고 직장을 다니며 부모님께 살가운 귀염둥이 아들인 듯 보이지만, 사실상 노름과 여자와 술에 취해 살아가고 있다.

대학의 문학 강사 임용을 앞두고 노먼은 오랜만에 고향을 찾는다. 이때부터 사실상 이들의 진짜 이야기는 시작된다. 서로의 다름을 보듬어 안으려는 노력도, 사랑하려는 노력도 없이 그저 '그냥 그런 거지' 하고 지나쳤던 시간들에서 돌아서서 서로를 알아 가는 시간을 가지게 된다.

노름빚에 전전긍긍하는 동생과 다르게 노먼은 시카고 대학의 교수로 임용된다. 게다가 사랑하는 제시에게 청혼할 계획을 세운다. 탄탄대로의 길을 걸어가는 노먼과는 다르게 폴의 삶은 그닥 아름답지 않다. 그래도 정신을 차리지 못하고 노름판을 찾아가는 폴을 노먼은 이해할 수 없다. 노먼은 폴을 홀로 두고 와 버린다. 다음 날, 어릴 때부터 아버지에게 플라잉 낚시를 배운 형제는 아버지와 함께 낚시를 간다. 그날, 폴은 대단한 월척을 낚는다.

"그 순간 나는 깨달았다. 완벽한 낚시였다. 모든 법칙에서 벗어난 예술 작품 같았다. 나는 또 명확히 깨달았다. 인생은 예술 작품이 아니기에 이런 순간은 영원히 계속되지는 않는다."

그렇다. 인생은 예술 작품이 아니다. 월척을 낚는, 그런 아름다운 순간은 인생에서 그닥 흔하지 않다. 마치, 월척을 낚고 환하게 웃는 아름다운 폴의 모습이 복선인 듯 그는 다음날 골목에서 시체로 발견된다.

폴이 죽고 오랜 시간 형과 아버지는 아름다웠던 폴을 기억한다. 호기심이 많던 아이, 죽더라도 이건 해 보고야 말겠다는 어디로 튈지 모르는 아이, 그래서 더 아름다웠던 아이, 폴을 기억한다. 오롯이 이해할 수 없어도 오롯이 사랑했던 폴을.

사실, 객관적 사실로 비추어 보자면 폴의 삶은 그닥 아름답지 않다. 어릴 때부터 아버지 몰래 술을 마시고, 친구들과 어울려 다니며 사고를 쳤다. 그 동네 사람들의 법도에 어긋나는 원주민 여자를 만났고, 한 여자를 사랑하기 보다는 많은 물고기를 낚듯 여러 여자를 만나기를 원했다. 기자라는 직업이 있었지만 그닥 대단한 기사를 쓰지도 못했다. 심심하면 노름판에 가서 노름을 하고 큰 빚까지 지게 되었다. 수시로 경찰서를 드나들며 형이 꺼내 주어야 했다. 그가 잘하는 것이라고는 플라잉 낚시와 춤추는 것이었다.

그의 삶은 거침이 없다. 하고 싶은 것은 뭐든지 했다. 자신의 욕망을 다 분출하고, 욕망의 생김새를 재거나 미루지 않고 그대로 실행했다. 분명한 자신의 고집이 있었다. 누가 뭐래도 자신이 가야 할 길만을 걸어갔다. 어느 누구도 그것을 꺾을 수 없었다. 아버지마저도.

그러한 그를 아버지는 '아름다운 아이'였다고 기억했다.

"고운 것은 더럽고 더러운 것은 고웁다."

셰익스피어의 희곡 『맥베스』의 주제를 관통하는 한 문장이다. 충신이었던 그가 역적이 되었듯, 이 세상의 많은 것들의 가치는 전도되기도 한다. 더러운 것이 고운 것이 되기도 하고, 고운 것이 더러운 것이 되기도 한다. 친구가 적이 되기도 하고, 적이 친구가 되기도 한다. 변기가 화분으로 재탄생하여 예술 작품이 되기도 하고, 아무것도 아닌 것이 가치 있게 이름 지어질 때 새로운 가치가 창조되기도 한다.

폴의 삶은 하나의 예술 작품과도 같다. 아름답지만, 늘 아름답진 않다. 욕망을 따라가는 삶, 맥베스처럼 그 욕망의 길로 한 번쯤 따라가 보고 싶기도 하다. 죽더라도 한 번쯤, 그렇게 살아 보고 싶은 그런 욕망이 우리에게 일어나기도 한다.

그러나 우리 대부분은 노먼처럼 도전보다는 안정을 취하고 싶어 한다. 죽음의 길인 걸 알면서 뚜벅뚜벅 그 길로 걸어가기란 쉽지 않다. 그러나 언제든 욕망은 되살아나고, 그 욕망을 나쁘다 치부할 수 없는 것은 우리의 삶에는 정답이 없기 때문이다.

『도덕경』에 '상선약수'라는 말이 있다. 최고의 선은 물과 같다는 뜻이다. 물은 서로 다투지 않고 이롭게 도와주고, 많은 사람이 싫어하는 더러운 곳에도 머무른다. 낮은 곳이나 시궁창에도 말이다. 큰 바위를 만나면 돌아갈 줄 알고, 웅덩이를 만나면 웅덩이를 채우고 지나간다. 충분히 지나갈 자리가 없으면 기다릴 줄 알면서 긴 시간 인내하며 돌을 뚫기도 한다.

노장사상은 우리 인간이 가지는 욕망과는 거리가 멀어 보인다. 자연의 순리를 거스리지 말고, 인위가 아닌 무위로 살아가라고 한다.

그런데 한편으로 생각해 보면, 젊을 때 욕망을 따르는 것 또한 순리가 아닐는지.

젊음에게 한 번쯤, 아니, 몇 번쯤, 욕망을 따라가라 말하고 싶기도 하다. 그러다 이끼 낀 돌을 만나 미끄러지기도 하고, 넘어져 깨어지기도 하겠지만, 폴처럼 월척을 낚는 행운을 맛보기도 하고, 운 좋게 맥베스처럼 왕좌를 꿰찰지도. 그것 또한 젊음에게 주어지는 하나의 순리가 아닐까! 위험하니 돌아가라 한들, 재미있겠는가! 차라리 위험한 길을 처절하게 걸어가 보아야 다시 그 길을 뒤돌아보지 않지 않을까!

"결국, 모든 것이 하나로 융합된다. 흐르는 강물처럼." 모든 것들이 만나 하나의 강물을 이루듯 우리의 인생은 예술 작품이 아닌 강물과도 같다. "오너라, 짙은 밤아.", "올 테면 오라지, 날이 암만 험악해도 세월은 흐른다." 맥베스의 외침을 따라 외쳐 보며 한 번쯤 참지 말고 해보자. 후회가 남더라도.

3.
나의 존재가 무의미해질 때

이 세상엔 미치광이 이상주의자도 필요해

"루이칸은 벽돌 하나도 뭔가가 되고 싶다고 했습니다."
벽돌은 뭔가가 되고 싶어 해요. 열망하죠. 아무리 평범하고 흔한 벽돌도 특별한 뭔가가 되고 싶어 해요. 자신보다 나은 뭔가가 되고 싶어 하죠."

애드리안 라인 감독의 1993년 영화 <은밀한 유혹>에서 주인공 데이빗 머피가 강의 중에 한 대사이다. 벽돌 한 장을 손에 들고 학생들에게 질문한다. 이게 무엇인지. 어떤 이는 벽돌, 어떤 이는 무기. 좌중의 웃음이 터진다. 그러나 데이빗은 진지하게 말을 이어 가며 웅장한 건축물들을 보여 준다. 좌중은 고요해진다. 그리고 그들의 눈들은 점점 더 빛나기 시작한다.

그저 그냥 벽돌, 어떤 이에겐 무기가 될 수도 있는, 그런 벽돌 한 장이지만 벽돌은 열망했다. 그리고 이루었다. 벽돌 한 장이 피라미드가 되고, 부르즈 칼리파가 되고, 상하이 타워가 된다.

혹자는 말할지 모른다. 겨우 벽돌 주제에……. 현실은 그렇다. 그저 벽돌로 남는, 남을 수밖에 없는 작은 거인들이 많은 세상. 그럼에도 불구하고 열망한다. 살아 있기에.

여기 벽돌 같은 한 존재가 있다. 『너무 시끄러운 고독』 속의 한탸. 갈수록 번영하는 사회 한 귀퉁이 지하실에서 35년째 폐지를 압축하며 고독하게 살아가고 있는 한탸. 그의 유일한 낙은 폐지 더미 속에서 좋은 책을 발견하여 꾸러미를 만들고, 거기에 그림을 그려 넣으며 자신만의 창작물을 만들어 낸다. 그 와중에 한탸는 뜻하지 않게 교양을 쌓아 간다.

그는 속도와는 거리가 멀다. 시간이 돈이라는 세상에서 그는, 천천히 리큐어를 홀짝대듯, 사탕을 빨아 먹듯 일을 한다. 일을 하는 건지, 책을 읽는 건지 알 수 없다. 그래서 그는 늘 소장에게 욕을 먹고, 용서를 빈다.

한탸는 모든 소멸해 가는 것들, 하찮은 것들에게 연민을 느낀다. 폐지가 된 책, 떠돌이 집시 여인, 똥바가지 쓴 만차, 수동식 압축기.

세상은 변화에 적응하지 못하면 도태된다고 말한다. 꾸준히 세상은 새로운 시대의 인재상을 요구한다. 그 속도에 빠르게 합류하지 못한 인간은 마이너리그로 밀려난다.

그러나 그곳은 한탸의 눈에는 전혀 아름답지 않은 세계다. 인간이 없는 그런 세계. 한 줄의 책을 몰라도 잘 살아가는 세계. 안락과 여유가 주어지지만 인간은 사라지고 기계화, 노예화된 세계다.

갈수록 발전하는 인간이 만들어 낸 번영 앞에서 역설적이게도 더 힘들게 살아갈 수밖에 없는 소시민들.

그들의 삶은 더욱 처참하고, 더욱 고독해진다. 가난이란 개념은 원래 상대적인 것이기 때문이다. 후퇴라는 것도 상대적일 수밖에 없다. 나만 뒤처지는 느낌, 나만 적응하지 못하는 느낌, 그 느낌으로 인해서 인간은 더욱 고독해진다.

> *"내가 혼자인 건 오로지 조밀하게 채워진 고독 속에 살기 위해서다. 어찌 보면 나는 영원과 무한을 추구하는 돈키호테다. 영원과 무한도 나 같은 사람들은 당해 낼 재간이 없을 테지."*

한탸는 자신을 돈키호테라고 말하고 있다. 그러고 보니 한탸에게서 돈키호테가 오버랩 된다. 『모비딕』의 에이헤브 선장과도 겹쳐진다. '이길 수 없는 적과 싸우고, 견딜 수 없는 고통을 견디며, 잡을 수 없는 하늘의 별을 잡는' 그런 사람들 말이다. 그런 사람들의 고집은 정말이지, 당해 낼 재간이 없다.

> *"하늘은 인간적이지 않다. 나 자신의 밖과 안에서 이루어지는 삶 역시 마찬가지다. 안녕하세요, 고갱 씨!"*

갑자기 고갱에게 인사하는 한타. 고갱의 삶을 소설화한 『달과 6펜스』 속 스트릭랜드가 떠오른다. 지금껏 자신이 이루어 낸 모든 안정을 버리고 꿈을 찾아 떠난 그, 고갱.

한타는 먼저 그렇게 살아 본 고갱에게 마치 질문하고 있는 것 같다. '꿈을 찾아 살아 보니 어떠합니까? 그렇게 한번 별을 잡아 보니 어떠합니까? 좋습니까?'

대부분의 사람들은 현실주의자들이다. 현실에 발맞추어 잘 적응해 가며, 상황과 타협하며, 이 치열한 경쟁 속에서 생존을 위해 힘쓰며 살아간다. 현대의 거대한 자본주의, 마치 커다란 압축기 같은 세상은 인간을 그렇게 몰아넣고 있다. 인간의 모든 이성을 총동원하여 쥐어짜고 있다. 열심히 공부하고, 열심히 노동하여 극한에 도전하게 만든다.

그러나 그러한 세상 속에도 이 미치광이 이상주의자는 필요하지 않을까?

> "내 마음을 채우고 있는 것은 두 가지! 밤하늘에 빛나는 별과 내 마음속의 도덕 법칙."

이따위 소리를 하는 임마누엘 칸트도 현실의 눈으로 보면 미치광이다. 앎과 삶을 같이 하라는 개소리는 마치 동주의 「별 헤는 밤」과 같이 맑고 청명하다. 그런 청명함은 똥바가지 뒤집어쓴 현실이랑은 어울리지 않는다.

그러나 우리의 이성이 삶에 녹아 도덕으로 자리할 때 우리는 보다 나은 인간이 되지 않을까? 지금은 한낱 벽돌 한 장일지라도 저 높은 상하이 빌딩을 꿈꾸며, 끝끝내 인간됨을 포기하지 않는 그런 숭고한 고집.

한탸의 지하실 너머 끝나지 않을 투쟁을 끈질기게 벌여 가며 생명을 연장해 가고 있는 쥐들이나, 전진인지 후퇴인지 알 수 없는 노동의 발을 컨베이어 벨트에 얹고 무작정 나아가는 인간이나, 다 인간적이긴 어렵다.

이 현실의 부조리 앞에서, 반복의 쳇바퀴 앞에서, 그래도 단 하나 우리의 삶에 차이를 줄 수 있는 건, 그래도 '인간'으로 돌아가는 것이 아닐까!

멈추면 죽는 순간에 멈추고, 별을 볼 수 없는 순간에 별을 보는.

때때로 우리도 돈키호테가 되어, 한탸가 되어 풍차와 싸우며, 하늘에 별을 보고, 이 번영과 속도에 저항하며 끝끝내 인간으로 남아 있는 이상주의자, 그 미치광이 이상주의자들이 있어서, 어쩌면 이 재미없는 세상이 재미난 세상이 되기도 한다.

4. 나에게 맞는 것이 무엇인지 모를 때

너에게 맞는 외투를 입어야지

가을이 되면 버버리가 입고 싶어진다. 낙엽이 떨어지는 가로수길에 잘 어울릴만한 외투이다. 온갖 쇼핑몰과 광고에 다양한 디자인의 버버리가 눈을 현혹한다. 우리가 흔히 버버리라고 부르는 이 외투는 사실 트렌치(trench)코트라고 해야 옳은 말이다. 토머스 버버리라는 사람이 만든 버버리는 지금까지도 트렌치코트로 유명한 브랜드이기에 이 코트의 대표성을 가진다. 마치 우리가 승합차를 '봉고'라고 부르는 것처럼.

가을의 정취가 잘 느껴지는 로맨틱한 버버리의 시작을 생각해 보면 사실 로맨틱과는 한참 거리가 있다. 트렌치(trench)라는 말은 '참호'라는 뜻이다.

처절한 환경에 버티게 하기 위해 지급된 옷이 바로 트렌치코트이다. 비옷을 대체하기 위해 개발한 개버딘 천, 단추가 쌍으로 달려 있는 모양의 앞판, 바람의 방향에 따라 앞가슴을 여미는 방법을 달리하게 만든 실용적인 옷. 허리와 소매에는 끈이 있어 조일 수 있고, 어깨에는 견장을 달 수 있게 하고, 벨트에는 수류탄을 매달 수 있도록 쇠로 된

D자 모양의 고리를 단 군복이 바로 트렌치코트다. 이 로맨틱한 버버리 코트는 사실 잔인한 현장에 적화된 옷이다.

니콜라이 고골의 「외투」에는 외투에 얽힌 주인공의 처절한 이야기가 담겨 있다. 고골의 대표작인 이 소설에는 아카키아카키에비치라는, 관청에서 일하는 9등 문관이 나온다. 그는 가난하지만 '정서' 하는 일에 최선을 다하고, 나름대로 행복한 일상을 살아간다. 성실하게 일하지만 더 높은 지위에 오르고 싶은 욕망이란 없다. '정서' 하는 일 자체를 사랑하고, 그 속에서 즐거움을 느낀다. 허름한 외투를 입어도 전혀 불편하지 않았고, 타인의 놀림 또한 신경 쓰지 않는다.

그런데 어느 날 등과 어깨에 심하게 타는 느낌이 들기 시작했다. 외투가 너무 닳아 있었던 것이다. 러시아의 추위는 우리의 것과 비교될 수 없는 수준이기에 그곳에서의 외투란 참으로 중요한 필수품 중에 하나일 것이라 짐작된다.

아카키에비치는 늘 그랬듯 수선집을 찾는다. 그러나 청천벽력 같은 소리를 듣는다. 옷감이 너무 낡아서 더 이상 덧댈 수 없으니 새 외투를 만들어야 한다는 것이다. 새 외투의 값은 40루블. 그리하여 그는 저녁마다 마시던 차를 끊고, 촛불을 켜지 않고, 길에서 살살 걷고, 돌과 석판을 밟을 때는 발끝으로 걸으며, 속옷을 세탁부에게 맡기는 횟수를 줄이고, 저녁까지 굶어 가며 돈을 절약한다. 현재의 고통을 충분히 참아 내고도 남을 만큼 너무도 갖고 싶었던, 외투이다.

외투를 샀다고 직장 동료들이 축하 파티를 해 준 바로 그날, 아카키예비치는 집으로 돌아가는 길에 외투를 강탈당하고 만다. 그 순간 가까운 거리에 경관이 있었지만 보고도 친구 사이겠거니 하며 도와주지 않았다. 강도를 잡기 위해 경찰서장을 찾아갔지만 관심을 기울이지 않았다. 마지막으로 중요한 인사(이름도 등장하지 않는 높은 지위의 사람)를 찾아가 도와 달라고 요청했으나, 외면당한다.

결국 외투를 찾지 못한 아카키예비치는 시름시름 앓다가 죽고 만다. 직장 동료조차도 그가 죽었는지 알지 못했다. 그가 땅속에 묻힌 후에야 그의 죽음은 알려졌고, 그의 자리는 손쉽게 다른 사람으로 대체되었다.

참으로 허무한 이야기이다. 아카키예비치에게 새 외투는 차라리 없었으면 좋았을 뻔했다. 새 외투를 얻어 그는 기분이 좋았고, 따뜻했다. 고작 하루였다. 하루. 헌 외투를 입고 행복한 하루하루를 살며 자신의 일에 만족감을 느끼며 살던 아카키예비치에게 새 외투는 일상을 빼앗아 갔다.

새 외투를 입고 출근한 날, 그는 당당히 새 외투를 입고 사무실까지 가지 않는다. 경비실에 외투를 맡긴다. 일이 끝나고 새 외투를 입었다는 행복감으로 늘 하던 정서를 하지 않고 침대에서 뒹굴거리다가 다시 외투를 입고 초청한 관리의 집으로 간다.

새 외투로 인해서 그의 일상은 완전히 달라졌다. 직장에서도 온통 신경은 경비실의 외투에 가 있었을 테고, 집에 와서도 늘 하던 정서를 하지 않는다. 그동안 불편하여 잘 가지 않던 술자리에도 간다. 안 하던 짓을 하면 죽을 때가 됐다는 옛말이 틀리지 않는 것인가!

우리는 때때로 별것 아닌 것에 지나치게 의미를 부여할 때가 있다. 개츠비는 데이지를 향해 그랬고, 조르바는 자유에 대해 그랬다. 지나친 의미 부여는 나의 파멸을 가져오기도 한다. 좋다, 나쁘다를 떠나서 부작용이 따를 수 있다.

외출하기 전 옷장의 문을 열고 오늘은 어떤 외투를 입을까 고민한다. 상황과 자리에 따라서 우리의 외투는 달라진다. 예의를 갖추어야 할 때, 친구를 만날 때, 장례식을 갈 때, 면접을 볼 때, 놀러 갈 때, 갖가지 상황에 따라 우리는 다른 외투를 꺼내 입는다.

외투만이 아닐 것이다. 우리의 마음 또한 다를 것이다. 나는 한 명이지만 우리는 여러 개의 페르조나(가면)를 쓰고 세상에 나아간다. '나'라는 존재가 너무 여러 색깔이라 때때로 정말 '나'란 존재는 어떤 존재인가, 싶기도 하다. 또한 꺼삐딴 리처럼 상황마다 가면을 적절히 잘 쓰는 사람을 보고 우리는 처세술에 뛰어난 사람이라고 말한다. 그래야만 세상을 살아가기가 편하다.

그러나 나에게 맞지 않는 외투를 입으면 하루 종일 불편하듯, 나에게 맞지 않는 가면을 쓰고 너무 과한 욕망을 따라가다 보면 오히려 나의 행복한 일상을 깨뜨리는 요인이 되기도 한다.

"행복과 자유는 한 가지 원리를 분명히 이해하게 되면서 시작된다. 그 원리란 어떤 것들은 우리 뜻대로 할 수 있고, 어떤 것들은 우리 뜻대로 할 수 없다는 것이다."

–스토아학파 철학자, 에픽테토스

삶을 행복하게 살아가는 일이란 어쩌면 대단히 단순한 일이다. 할 수 없는 것은 하지 말고, 할 수 있는 것은 하면 된다. 말은 쉽지 행동하는 게 어디 쉬운가, 하는 생각이 들 것이다. 누구나 그럴 것이다. 그러나 구체적으로 적용해 보면 가능해지는 게 생긴다. 예를 들어 IS 격퇴하기, 부모님 바꾸기. 이런 건 할 수 없는 것이다. (할 수도 있는 사람이 있으려나?) 친구에게 잘 대해 주기, 한 달에 한 권 책 읽기. 이런 건 할 수 있다. (절대로 할 수 없는 사람이 있을 수도!) 어쨌든, 개개인의 기준은 다르니 자기만의 리스트를 만들어서 '할 수 있고, 없고'를 범주화해 보면 생각이 명확해진다.

사람이 불행하고 자유롭지 못한 것은 할 수 없는 것을 계속할 수 있다 여기고 하기 때문일 것이다. 인간관계에서 가장 대표적인 예로 상대방의 생각 바꾸기! 이건 거의 불가능에 가깝다. (대단한 설득의 기술을 연마해야 가능하다. 그렇다고 할지라도 도저히 말이 안 통하는 사람도 많다!) 내 생각을 바꾸는 것이 더 쉽다.

제1차 세계대전 때 입었던 트렌치코트처럼 가장 상황에 적합한 외투를 입는 것! 그것이 무엇인지 알아차리는 것! 그것이 나의 행복한 일상을 지속하는 방법이다.

아카키예비치의 새 외투처럼 나의 일상을 깨뜨리는 것이 있다면 그것은 어쩌면 내게 필요한 것이 아닐지 모른다. 지나친 욕망은 나의 일상을 깨뜨리고, 행복으로부터 점점 멀어지게 만든다. 내가 알아차리지도 못하는 사이에.

5. 정체성이 흔들릴 때

네 손에서 피 묻은 다이아몬드를 빼기를

"Resource Curse(자원의 저주)". '찬란한 슬픔'처럼 역설적이다. 자원이 풍부하면 좋은 거지 어떻게 저주가 될 수 있는가! 그런데 역사가 증명하듯 실제로 자원이 풍부한 나라들이 더 가난하게 사는 형국이 세계지도를 펼쳐 보면 쉽게 찾을 수 있다.

지하자원이 많다는 것은 우리 집 앞에 마약 분수가 나오는 것과 마찬가지이다. 우리 집 앞에 마약이 나오는 분수가 있다면 어떻겠는가? 온갖 마약쟁이들이 다 몰려와 살 수가 없을 것이다. 그런 형국이 서아프리카 시에라리온에도 일어났다. 바로 다이아몬드 때문이다.

1990년대 정부와 RUF 사이에 일어난 시에라리온 내전을 배경으로 한 영화가 바로 <블러드 다이아몬드>이다.

"너무 많은 물이 방앗간 주인을 익사시킨다." 프랑스의 속담이다. 우리가 익히 아는 한자 성어 '과유불급'과 통한다. 물이 없으면 방앗간이 제대로 돌아가지 않으나, 너무 많은 물은 도리어 해를 끼친다는 뜻이다.

요즘 주식의 붐이 일고 있다. 로또, 비트코인 등 갖가지 불로소득의 방법들이 인기를 끌고 있다. 욕망의 항아리의 밑동은 뚫려 있다. 아무리 채우고 채워도 채워지지 않는다. 억만금이 있다 한들 만족이 되지 않을 것이다. 그런데 우리 사회가 갈수록 이 욕망에 잠식되어 가고 있는 것은 슬픈 일이다.

찰스 디킨스의 소설 『위대한 유산』을 통해서 인간의 두 가지 욕망을 엿볼 수 있다. 신분 상승과 사랑. 항상 그렇지는 않겠지만 대부분 이 두 가지는 돈이 있으면 좀 더 쉽게 얻을 수 있다. 그래서 돈이란 인간에게 매우 매혹적인 것이다. 인간이 인간을 죽일 만큼.

어린 나이에 고아가 된 핍은 대장장이 누나 집에서 살며 견습공으로 지낸다. 괄괄한 성격이긴 하지만 누나는 핍을 애정으로 키우고, 매형 역시 핍을 친구처럼 대한다. 어느 날 핍은 탈옥한 죄수를 만나게 되고, 그의 협박으로 그에게 자신의 굶주린 배를 참 아가며 먹을 것과 줄칼을 훔쳐다 갖다주었다. 그 후 핍은 부자이지만 괴팍한 미스 하비샴이라는 노부인의 집에 놀아 주러 가면서 그녀를 알게 된다. 그리고 그녀의 양녀 에스텔러를 사랑하게 된다. 하지만 에스텔러에 비해 자신은 교육 수준, 지위, 재산 등에서 너무나 부족했다. 에스텔러 역시 핍을 무시한다.

그런 어느 날, 재거스라는 사람이 찾아와 핍에게 막대한 유산이 상속되었다는 소식을 전하며 핍의 인생은 반전을 맞이한다. 그런데 조건이 있었다. 유산을 온전히 상속받기 위해서는 신사가 되어야 한다는 것과 유산을 상속한 사람을 알려고 하지 말라는 것이다. 이것을 기꺼이 받아들인 핍은 집을 떠나 런던에서 신사가 되기 위한 공부를 시작한다. 그때부터 핍은 점점 변해 갔다. 자신을 부모처럼 키워준 누나와 매형을 부끄럽게 여기고, 그들을 찾지 않는다. 고향을 방문할 일이 있어도 자신에게 유산을 상속했으리라 추측되는 하비샴에게만 들렀다.

자신의 후원자가 누구인지 궁금해하던 핍은 후원자가 미스 하비샴이 아니라 자신이 어린 시절 도와주었던 탈옥수 매그위치였음을 알게 된다. 매그위치는 자신을 도와준 핍을 잊지 못했고, 핍을 신사로 만들기로 결심하고 악착같이 돈을 벌어 핍에게 주었던 것이다. 핍은 자신이 받을 유산에 대한 환상에서 벗어나기 시작한다. 핍은 실망했지만 점점 매그위치의 인간적인 면을 발견하게 되어 다시 도망자의 신세가 된 그를 도와주면서 내면이 성숙하게 된다. 결국 매그위치는 죽게 되고, 핍이 받을 막대한 유산도 사라졌다. 모든 것을 잃은 핍은 자신에게 소중한 사람을 깨닫게 된다.

우연히 신분 상승의 기회를 얻게 된 핍은 점점 변해 간다. 자신을 돌봐 주고 따뜻하게 대해 주던 사람들이 부끄럽게 여겨지고, 높아진 신분에 심취해 사치와 낭비에 물든다. 이런 모습은 땀 흘려 일한 정직한 결과가 아닌, 뜻밖의 행운이나 부정한 방법으로 얻은 부의 부작용을 보여 준다.

매그위치가 남긴 위대한 유산은 무엇일까? 겉으로 보이는 형태는 돈이었지만, 실상은 인간에 대한 애정(사랑, 배려)이다. 그러나 핍은 돈이 생기면서 사랑을 잃어버렸다. 다행히도 그는 다시 그 사랑을 회복한다. 그를 신사로 만든 것은 결국 돈이 아닌 사랑이었다.

이 소설은 신사에 대해서 생각해 보게 한다. 매그위치는 신사를 만들기 위해선 돈이 필요하다고 생각했다. 그래서 핍을 신사로 만들기 위해 좋은 교육을 받도록 하였다. 그러나 오히려 핍은 흥청망청 돈을 쓰며 자신의 소중한 사람을 부끄럽게 여기는 속물로 변해 갔다. 오히려 하층민 출신이지만 자신의 삶에 만족할 줄 알고, 끝까지 자신의 사람들을 지켜 내는 조(핍의 매형)야말로 타인에 대한 배려가 가득한 진정한 신사의 모습을 보여 주고 있다. 핍을 신사로 만든 것은 돈이 아닌 '소중한 사람들'이었다.

> "아버지 말씀에 따르면 그 어떤 광택제도 나무의 결을 감출 수 없으며, 광택제를 더 많이 칠하면 칠할수록 나무의 결이 더 잘 드러난다는 거야."

광택제는 나무의 결을 더 잘 드러나게는 할 수 있지만 나무의 결 자체를 바꿀 수는 없다. 한 인간이 가진 본연의 것을 돈이 좀 더 많이, 좀 더 쉽게, 좀 더 잘 드러낼 수는 있겠지만 바꿀 수는 없다. 지나친 광택제는 오히려 나무 본연의 아름다운 결을 숨겨 버리기도 한다.

이 소설에서 잘 보여 주듯이 돈이란 적당히, 필요한 수준만큼 있는 것이 인간을 더 인간답게 살게 한다. '필요'를 넘어서 '욕망'의 범주에 속하는 순간 인간은 번뇌의 세상 속으로 떨어지며 타인에 대한 배려와 존중을 잃게 된다.

영화 <블러드 다이아몬드>로 돌아가 보자. 빅토르 여왕의 왕관에 코이노르(Kohinoor) 다이아몬드가 사용되면서 다이아몬드 수요는 급증하게 되었다. 그로부터 20년 후, 남아공의 한 아이가 우연히 83캐럿의 다이아몬드를 발견하게 되었다. 이것이 여러 사람의 손을 거쳐서 버들리 백작 부인이 구매하게 된다. 당시 돈으로 25,000파운드의 거금을 주고 산 것이다.

"뭐야, 이 돌이 이렇게 비싸다고?" 그때부터 많은 사람들이 아프리카로 몰려들기 시작했다. 그중 한 명인 세실 로즈(Cecil John Rhodes)라는 사람이 남아공의 다이아몬드를 다 인수하여 다이아몬드의 제왕이 된다. 그는 수요를 늘리기 위해 "다이아몬드는 영원합니다. 다이아몬드로 영원한 사랑을 표현하세요."라는 마케팅을 하여 엄청난 성공을 이룬다. 지금도 프러포즈에 다이아몬드 반지 하나쯤 필수라 여겨지니 말이다.

시에라리온은 원래 농업에 적합한 지역이었다. 다이아몬드 붐이 일기 전에는 카사바(구황식물로 탄수화물이 풍부한 작품)를 재배하며 살았다.

그때까지만 해도 이 지역은 비옥한 땅으로 먹을 것이 부족하진 않았는데 다이아몬드로 인해 농업을 포기하고 전쟁터가 되고 말았다.

그 이유인즉 정부가 영국에서 독립을 한 후 국영 다이아몬드 회사를 운영했다. 그런데 문제는 정부가 이 돈을 나라를 위해 쓰지 않고 몇몇의 주머니로 넣은 것이다. 이로 인해 정부에 대항한 무장 세력이 결성되는데, 그게 바로 RUF이다. 이들은 시에라리온 동쪽 광산을 점거한다. 그들의 시작은 정부가 착복한 다이아몬드의 수입을 국민들에게 돌려준다는 대의명분이 있었지만 점점 더 변질하여 국민들을 학살하는 단체가 되고 만다.

대표적인 전범 행위로는 아이들을 데려와 마약에 중독케 하여 킬러로 길러 자신들의 살상 무기로 사용한 것이다. 이 영화에서 보면 RUF로 여겨지는 반군들이 한 마을을 초토화시키고 솔로몬(아버지)을 데려가 그들의 다이아몬드 광산에서 강제 노동을 시킨다. 그때 그는 꽤 큰 다이아몬드를 발견하게 되고, 반군 몰래 땅에 파묻는다. 때마침 정부군의 공격을 받아 감옥에 잡혀간다. 이 사실을 알게 된 반군 중 한 명이 솔로몬의 아들 디아를 데려가 군의 킬러로 세뇌시킨다.

남아공의 용병으로 다이아몬드 브로커 역할을 하던 주인공 대니 아처는 우연히 솔로몬의 다이아몬드 소식을 알게 되어 그에게 다이아몬드를 팔아 주겠다며 설득한다. 솔로몬은 가족을 찾아 주겠다는 아처의 설득에 결국 넘어가 둘의 험난한 여정은 시작된다.

이 영화에서 참으로 가슴 아픈 장면은 반군의 child killer가 되어 버린 솔로몬의 아들이 아버지를 향해 총을 겨누는 장면이다. 아들을 도저히 포기할 수 없었던 솔로몬은 눈물로 아들을 설득한다.

영화는 마약으로 희미해진 눈으로 점점 더 살인귀가 되어 가며 밤마다 술과 도박에 빠져 가는 아이들의 모습과 다이아몬드 반지를 끼고 행복해하는 여인들의 모습을 오버랩 하여 보여 준다. 아프리카의 현실을 사실대로 보도하기 위해 목숨을 걸고 그곳에서 사진을 찍는 기자, 매디 보웬은 이 사실을 미국에 알리면 더 이상 다이아몬드는 팔리지 않을 것이라 말한다.

그러나 인간의 욕망은 다이아몬드를 여전히 고가에 팔리게 하고 있다. 여전히 아프리카나 중동은 내전으로 고통받는 아이들과 돈에 눈이 먼 어른들의 싸움은 끝날 줄 모른다.

우리의 현실은 어떠한가. 주식의 붐. 서점에서 잘 팔리는 책들을 잠시만 보고 있어도 주식이나 투자에 대한 책들이 넘쳐난다. 직장에서 몇몇 사람들이 모이면 대부분의 대화가 주식이다. 주식을 하지 않으면 마치 경제 의식이 없는 것처럼 느껴진다. 어서 빨리 통장을 만들어야 할 것 같다. 주변에서 주식에 선뜻 발을 들여놓지 못하는 이유는 그나마 있던 것까지 잃을까 두려워서이다. 그러나 더 조심해야 할 것은 막대한 돈을 버는 것이다.

큰돈을 한순간에 만지면 우리는 어떻게 될까? 핍처럼 변하지 않을 자신이 있는가? 누구라도 핍처럼 될 수 있다. 주식에 빠져들어 모든 것을 잃은 사람들이 바보여서가 아니다. 나는 이것을 계산할 수 있다, 나는 이것을 공부하여 알 수 있다, 나는 돈을 벌어도 변하지 않을 자신이 있다, 내 사랑하는 사람들을 여전히 소중히 여길 수 있다는 생각. 그것은 자만이다. 인간이란 그렇게 이성적인 존재가 아니란 것은 근대가 무너지며 이미 결론이 난 일이다.

"다 같이 슬퍼하자, 그러나 다 같이 바보가 되지는 말자."

– 수잔 손택, 『타인의 고통』

피 묻은 다이아몬드를 끼고 내 사랑하는 이들과 일상을 평화롭게 살 수 있겠는가? 수잔 손택은 타인의 고통을 외면하는 사람을 바보라고 말하고 있다. 결국 그것은 나에게로 돌아오고, 나의 삶을 깨뜨리는 화살이 된다. 돈을 좇지 말고, 삶을 사는 멋진 '신사'의 격을 지키길.

6. 내 성격이 마음에 들지 않을 때

그냥 명랑한 은둔자로 살지 뭐

"고독은 차분하고 고요하지만, 고립은 무섭다. 고독은 우리가 만족스럽게 쬐는 것이지만, 고립은 우리가 하릴없이 빠져 있는 것이다."

"고독은, 내 경험상, 자칫하면 미끄러지는 경사로다. 처음에는 안락하게 느껴지지만, 종종 아무런 경고도 자각도 없이 훨씬 더 어두운 것으로 변신할 수 있는 상태다."

"고독은 외로움이 되고, 외로움은 의기소침이 되고, 의기소침은 무기력과 절망이 된다."

캐럴라인 냅은 『명랑한 은둔자』에서 고독에 대한 깊은 숙고를 자신의 경험과 함께 잘 버무렸다. 고독은 나쁘지 않고, 때로 좋지만 자칫 고립에 빠질 위험이 있다. 그래서 고독은 절망의 길로 가기도 한다.

수줍은 성격은 여기에 빠지기가 쉽다. 타인과 쉽게 관계를 맺기 힘들고, 무리 속에서 움츠린 나를 어찌해야 할지 몰라 무슨 핑계를 대서라도 무리를 피하고 싶어 한다. 피하고 나면 또 그리워한다. 혼자를 즐기지만 무리를 바라곤 한다.

태생적으로 무리 속에 나를 자연스럽게 삽입할 수 있는 사람들에게 있어서는 도저히 이해되지 않는 마음이다.

이런 수줍음은 쉬이 오해를 산다. 낯선 사람들에게 먼저 말을 걸고, 질문에 대한 대답을 빠르게 하기 힘든 모습들을 사람들은 '오만하다고, 교만하다고' 생각하곤 한다.

제인 오스틴의 『오만과 편견』 속 다아시와 빙리를 보며 성격이 사회생활에서 얼마나 많은 영향을 미치는가를 잘 알 수 있다.

빙리는 누구에게나 거침없이 인사를 하고, 파티에 가서도 스스럼없이 잘 어울린다. 활발하며 상황에 맞는 말을 적절히 할 줄 안다. 크게 노력하지 않아도 파티를 즐긴다. 그래서 누구라도 빙리를 좋아한다. 남자든 여자든, 나이가 많든 적든. 정말 누구라도 빙리를 좋아하고 칭찬했다.

빙리와 다아시는 친한 친구이지만 둘은 참 달랐다. 다아시는 파티를 즐기지도 못했을 뿐더러 처음 보는 사람들과 예의를 차리며 춤을 추지 못했다. 먼저 말을 건다든지, 적극적으로 누군가와 친밀한 관계를 만들기 위해 무언가를 하는 것이 어렵다. 설령 마음에 드는 사람에게조차 빙리처럼 하기는 힘이 든다. 물론 다아시는 부유하고 명망 높은 집안에서 자라서인지 특별한 대우를 받는 것이 몸에 배 있는 부분이 있기도 하다. 또한 어려서부터 자신의 집안 때문에 접근해 오는 사람이 많은 탓에 사람을 의심하고 경계하는 모습도 가지고 있다.

하지만 단지 말을 하지 않고 가만히 있은 탓에 본연의 따뜻하고 친절한 모습들이 차갑고 냉정하고 오만하게 비춰지는 경우가 많았다. 물론 시간이 흘러 다아시의 본모습은 드러나지만, 그렇게 되기까지 다아시 본인은 힘든 시간을 보내야 했다.

수줍음은 결함일까?

캐럴라인 냅의 책을 읽으며 그녀가 혹시 나의 이야기를 쓴 것이 아닐까, 하는 착각을 일으키곤 했다. 이웃에 누가 사는지 궁금하다. 그들은 어떻게 파티를 할지, 그들의 집안은 어떠할지, 그들은 어떤 책을 읽고, 휴가 때면 어디를 다녀오는지 궁금하다. 가 보고 싶기도 하고, 그들과 친하게 지내고 싶기도 하다.

그러나 그 무리 속에 나는 너무도 이질적이고, 그들과 어떻게 대화를 해야 할지 모르겠다. 무슨 말로 말을 붙여야 할지 모르겠고, 그들이 무언가를 질문하면 어떻게 말을 해야 그들이 원하는 답일지 끊임없이 고민해야 했다.

그런 고민이 너무 힘들고 지쳐서 그들과 함께 보내는 시간들이 피곤해지고 소모적으로 느껴진다. 그래서 나는 언제부턴가 그들의 초대를 최소한으로 응하다가 마침내 안 가곤 한다.

그러한 경험들이 여러 번 쌓이자 나는 대부분의 무리에서 벗어나 있고, 혼자 있는 시간이 많아졌다. 혼자의 시간은 편하고, 거칠 것이 없다. 그러나 냅의 말처럼 고독은 경사로다. 자칫 무기력과 절망에 빠질 위험이 있는.

일에 있어서 나는 빙리 같은 모습이 있다. 그래서 사람들은 내가 대단히 활발하고, 말하기를 좋아하고, 수줍음이 없고, 누구와도 쉽게 말할 수 있는 사람이라 여긴다. 그러나 생각해 보면 그것은 훈련의 결과이다. 습관과도 같은 것이다. 일을 할 때 내가 만나는 사람은 처음 만나는 사람이라도 처음 만나는 사람이 아니다. 늘 같은 질문을 받고, 같은 대답을 하기 때문이다.

처음 본 사람과 어쩜 그렇게 술술술 말을 잘하냐고 내게 말을 하는 사람들이 많다. 정말 그럴까? 내게 있어 그들은 얼굴만 다른 매번 본 같은 사람이다. 10년쯤 본 사람이다. 아니, 20년쯤 본 사람이다.

누구라도 한 20년쯤 본 사람에게 말을 못 하는 사람이 어디 있겠는가!

그러나 전혀 다른 영역에 있어서 나는 바보가 되고 만다. 가령 학부모 모임 같은 곳, 친교 모임 같은 곳. 그런 곳에 처음 갔을 때 나는 거의 말을 하지 못한다. 질문에는 단답형으로 답하곤 한다. 무엇을, 어떻게 말을 해야 할지 머릿속은 단어들로 가득 찬다. 대부분의 단어들이 문장으로 나오기도 전에 다음 화제로 넘어가곤 한다. 그러면 나는 또 가만히 듣고 있다.

그 모임이 끝난 후에 사람들은 말을 한다. 교만하고 오만하다고. 도도하고 고상한 척한다고. 무엇이 그렇게 잘나서 아무 말도 하지 않고 관찰만 하냐고. 우리랑은 말도 섞기 싫은 거냐고.

또 누군가는 꼭 이 말을 전해 준다. 어찌어찌 친해져 마음을 터놓고 이야기하는 사람이 생기기 마련이다. 수줍은 사람도 무리가 아닌 일대일의 만남이 여러 번 겹치면 또 수다스러운 면을 회복하곤 한다. 그러면 친해진 그 누군가는 너에게 이런 면이 있으니 사람들 앞에서 좀 말을 해 보라고 권면하곤 한다.

그러면 또 노력해 본다. 쉽지 않다. 노력했지만 그들을 따라갈 수 없다.

"수줍음이 많은 사람들은 좀 헷갈려요."

책에서처럼, 나도 이웃에게 이런 말을 듣곤 한다.

'수줍음은 세 번째로 흔한 정신 장애로 꼽힌다.'는 냅의 말을 인정하기로 했다. 이미 나의 생물학적 요소는 결정되었다. '어쩔 수 없는 현실이고, 끝난 이야기다.'

이 수줍음이 내게만 영향이 미치는 것이 아니라 다른 사람에게도 영향을 미친다는 것이 문제이지만 그 모든 타인들을 다 신경 쓰며 사는 것을 이제 그만하고 싶다.

구역을 정해야 했다. 나는 이미 그 모든 사람들에게 적절히 대응할 수 있게 만들어지지 못했기에 할 수 있는 만큼만 하기로 했다. 최소한의 무리에만 끼기로 한 것이다. 내가 없으면 안 되는 곳, 내가 반드시 말을 해야 하는 곳에서만 최선을 다해 말을 한다. 진심으로 경청하고 최선을 다해 수다스러워진다. 그래서 사람들은 나의 수줍음을 의심하기 시작한다. 그럴 수밖에 없다. 수줍음이란 사실 나의 모든 것이 아니다.

어떤 상황에서, 어떤 장소에서, 어느 누군가와 있을 때의 나는 무척이나 수다스럽고, 활발하고, 적극적이고, 명쾌하고, 호기심이 많다. 그 중에 한 면이 수줍음이다. 그것은 내게서 분류해 내기 힘들다. '스튜처럼' 섞여 있다.

그 모든 나를 받아들이기로 했다. 나를 다르게 말하는 다른 사람들도 이해하기로 했다. 그 모두가 나다.

그림책 『일곱 마리 눈 먼 생쥐』에서 생쥐들은 코끼리를 만지고 와서 다 제각각 말한다.

코끼리의 다리를 만진 생쥐는 커다란 기둥이라고 말한다. 코끼리의 귀를 만진 생쥐는 부채라고 말한다. 꼬리를 만진 생쥐는 밧줄이라고 말한다.

부분을 본 생쥐들의 생각은 판이하게 다르다. 그렇다면 전체를 보고 코끼리라는 것을 안 생쥐는 정말 코끼리의 전체, 코끼리의 본질을 사실 그대로 설명할 수 있을까?

우리가 사람을 판단할 때 가장 조심하고 우려해야 할 부분이 바로 이 점이다. '안다'라는 오류에 우리는 쉽게 빠진다. 그러나 그것은 편견이기 쉽고, 내가 보고 싶은 어떤 것이었을지 모른다.

사람들이 나의 한 면을 보고 하는 그런 말들에 소위 말해 '멘붕'이 되어 나의 성격이 이상한 게 아닐까, 좀 뜯어고쳐야 하지 않을까. 땅을 파고 들어가기 전에 나의 성격 전체를 파악하여 유익한 면을 좀 더 부각하며 사는 것이 훨씬 수월한 인생이다. 노력해서 되는 것이 있고, 노력해도 되지 않는 것도 있다.

7. 내 영혼이 한쪽만 보려고 할 때

오만과 편견, 그게 네 영혼의 구멍이야

중·고등학교 시절 체육 시간에 자주 피구나 발야구를 했다. 운동 경기를 하다 보면 꼭 구멍인 사람이 있다. 그 구멍이 바로 나였다. 공을 너무 무서워해서 공을 받아야 할 때에 오히려 피하기만 하니 항상 나는 우리 팀의 구멍이었다. 그래서 상대 팀은 집중적으로 나에게만 공을 던져 댔다. 계속 공격을 당하다 보니 어느 순간에는 같은 팀 친구들에게 미안하기도 하고, 상대방이 우습게 여기는 게 화도 나서 공을 한번 받아 보았다. 그랬더니 세상에나, 공이 받아지는 게 아니겠는가? 구멍이 히든카드가 되는 반전은 언제나 흥미진진하다.

누구에게나 구멍이 있다. 좋은 조건을 가졌는데 인기가 없는 사람이 있고, 좋지 않은 조건을 가졌는데 인기가 많은 사람이 있다. 그 이유는 무엇일까? 사람이란 모든 게 완벽하지만 작은 구멍 하나로 미워지기도 하고, 한번 미워지기 시작한 그 구멍은 점점 더 커지는 경우도 많다. 반대로 구멍으로 보였던 것이 어느 순간 장점으로 부각되기도 하고, 남들의 눈에는 구멍으로 보이는 것이 내게는 멋있는 점으로 보이기도 한다.

그러저러 긴 이야기를 간단히 말해 본다면 '오만과 편견'이 아닐까? 인간은 누구나 자신의 눈으로 세상을 본다. 이것은 누구에게나 있으며, 누구에게나 영향을 미친다.

> "편견은 내가 다른 사람을 사랑하지 못하게 하고 오만은 다른 사람이 나를 사랑할 수 없게 만든다."
>
> – 제인 오스틴

편견이란 한쪽으로 치우쳐서 바라보는 것, 한쪽만 보고 다른 모든 것을 판단하는 것이다. 오만이란 잘난 척한다는 것이다. '내가 난데' 하는 생각이 바로 오만이다. 이것이 인생에게 어떤 영향을 미칠까?

제인 오스틴의 소설 『오만관 편견』은 엘리자베스와 다아시를 통해서 오만과 편견이라는 것이 인생에서 어떻게 나타나는지 알 수 있는 이야기다.

소설 속 여주인공 엘리자베스는 다아시와의 첫 만남에서 다아시에 대한 나쁜 인상을 가지게 된다. 그 이후 다아시에 대한 부정적 말만 받아들이고, 긍정적인 말은 다 부인해 버린다. 그리고 다아시의 모든 행동을 자신의 생각으로 해석하고 추측하며, 점점 더 나쁜 감정의 골은 깊어만 간다.

다아시도 그런 편견을 가지게 만드는 데 일조를 할 만한 오만한 면이 있긴 했다. 그러나 다아시는 성정 자체가 입이 무거운 편이라 크게 다른 사람들의 말에 변론하려 들지 않고 조용히 뒤에서 일을 처리하는 사람이다. 또한 집안, 외모, 재력까지 모든 면에서 완벽했기에 자신만의 기준으로 사람을 평가하는 경향이 있긴 했다. 하지만 앞뒤 상황을 따져 보고는 적합한 선택을 할 줄 아는 신사이다. 그런 면을 나중에야 알게 된 엘리자베스는 결국 자신의 편견을 인식하고 부끄러워하며 다아시의 사랑을 받아들인다. 다아시 역시 엘리자베스를 통해 자신의 오만한 면을 인식하고 반성하며 더욱 엘리자베스를 사랑하게 된다.

이 두 주인공의 공통점은 둘 다 자신의 편견과 오만을 인식한 후에는 부끄럽지만 그 길에서 돌아설 줄 아는 용기를 가졌다는 것이다. 쉬워 보이지만 나만의 안경을 벗고 관점을 바꾸는 일이란 참으로 쉽지 않은 일이다.

신화 속에서는 어떨까? 신들은 오만한 인간을 봐주지 않는다. 당대에 벌을 내리지 않으면 자식대에 가서라도 반드시 벌을 내린다.

라디아라는 나라에 아라크네라는 공주가 살고 있었다. 아라크네는 얼굴도 아름다웠지만, 무엇보다 옷감을 짜는 솜씨가 아주 뛰어났다. 온 나라에 소문이 났음은 물론이고 주변의 다른 나라에도 이름이 알려질 정도로 실력이 좋았다.

멀리서 찾아온 사람들이 자신의 솜씨에 감탄하는 모습을 보면서 아라크네는 점점 기분이 좋아졌다.

"아라크네 공주님은 아테나 여신께 옷감 짜는 기술을 배웠나 봐!"

사람들이 아라크네의 솜씨를 칭찬했다. 하지만 자신의 실력에 대한 믿음으로 오만해진 아라크네는 그런 말들이 칭찬으로 들리지만은 않았다.

"흥, 나는 아테나 여신보다도 더 멋지게 옷감을 짤 수 있다고!"

하필 아라크네의 말을 아테나 여신이 듣게 되었다. 아라크네의 오만함에 분노한 아테나 여신은 할머니의 모습으로 변신한 후 살며시 지상으로 내려갔다. 그리고 아라크네를 찾아가서 말했다.

"공주님이 아무리 뛰어나시다 해도 신과 비교할 수는 없습니다. 아테나 여신께 사과를 하시고 용서를 비시면 자비로운 여신께서 용서를 해 주실 겁니다."

하지만 아라크네는 반성하지 않고 오히려 자신이 여신을 이길 수 있다고 오만하게 굴었다. 그러자 아테나 여신은 할머니의 모습을 버리고 자신의 본 모습을 드러내며 시합을 통해서 누가 승자인지를 결정하자고 했다. 이렇게 아테나 여신과 아라크네의 베 짜기 시합이 시작되었다.

시합이 시작되자 아테나 여신과 아라크네의 손이 바빠졌다. 순식간에 아름다운 그림들로 베를 수놓기 시작했다. 그런데 아라크네의 옷감에 나타난 그림에 사람들이 놀라고 말았다. 그 그림은 제우스 신이 여자를 쫓아다니는 그림이었던 것이다. 아테나 여신은 아라크네의 오만함에 분노하고야 말았다. 신을 조롱하고 있다고 생각했기 때문이다.

아테나 여신은 아라크네의 이마에 손가락을 갖다 댔다. 그러자 아라크네의 마음속에 부끄러움이 생기기 시작했다. 자신의 오만함을 알게 된 아라크네는 너무 부끄러워서 스스로 목숨을 끊고 말았다. 그 모습을 본 아테나 여신은 아라크네를 거미로 만들었다. 자신의 옷감 짜는 기술을 발휘하면서 살아가게 되었다는 거미의 전설.

오만함은 결국 아라크네를 평생 거미로 살게 하였다. 이 이야기는 당대 사람들에게 신에 대한 오만함은 반드시 벌을 받으니 신께 충성하라는 교훈을 주기 위해 만들어졌을 것이다. 신화는 재미를 내세우면서 실상은 교훈을 준다. 고대나 현대나 교만은 경계해야 할 마음이다.

제인 오스틴의 말처럼 오만은 다른 사람들로 하여금 나를 사랑하기 힘들게 만든다. 그리고 끊임없이 다른 사람들에게 편견의 근거들을 제공한다. 다아시처럼 모든 게 완벽한 사람일지라도 오만함이 구멍으로 작용한다면 사랑하기가 힘들다.

오만함이 드러나는 방식은 잘난 척, 뽐내는 것. 실제로 아라크네는 베 짜기 실력이 좋았다. 잘난 척이 아니라 실제로 잘난 것이다. 못난 사람이 뽐내면 연민을 일으키고, 잘난 사람이 뽐내면 공격 대상이 된다. 꼭대기에 선 나무는 누구에게나 잘 보인다. 잘난 것도, 못난 것도.

다아시의 오만함은 말이 없고, 자신이 하고 싶지 않은 일은 안 하는 것으로 드러났다. 당시 사람들은 무도회에서 너무 말을 하지 않으면 대화 상대가 되지 않아 말을 하지 않는 것으로 간주하고 무시당한다 느꼈다. 춤을 출 때 여자 파트너가 반드시 마음에 들진 않더라도 함께 춤을 춰야만 했는데, 여자 파트너를 앉혀 두기만 하는 것은 예의 없다고 여겼다. 그런데 다아시는 자신이 춤출 기분이 아니면 춤을 추지 않았고, 말을 하는 것보다는 다른 사람을 관찰하고 듣는 것을 더 즐겨하는 사람이다. 그러니 사람들은 다아시를 안 좋게 보았다.

우리는 때로 하기 싫은 일을 해야 하고, 여러 사람과 있을 땐 다른 사람의 말에 장단을 맞춰 주기도 해야 한다. 그 자리에 함께 있으면서 혼자처럼 행동하면 '차갑다, 쌀쌀맞다, 잘났음 얼마나 잘났어!' 이런 소리를 듣게 된다.

실제로 그렇지 않더라도 그런 오해를 받을 수 있다. 그러나 곰곰이 생각해 보면 '원래 나는 그런 성격이야!'라는 말로 자신의 오만함을 포장하고 있는지도 모른다. 하기 싫어 안 하는 것인지도 모른다.

고등학교 시절, 발야구를 할 때 그랬다. '나는 구멍이야'를 자처하며 발야구를 열심히 하고 싶지 않은 마음을 포장했던 것 같다. 사실은 하기 싫은 거였다.

내가 잘한다고 지나치게 나서는 마음도 오만함이지만, 나는 '그런 건 안 해' 하는 마음도 오만함이라 할 수 있다. 결국 그 말의 기저엔 '나는 너희와 달라. 난 하고 싶은 것만 해.'라는 생각이 숨어 있다.

다아시는 엘리자베스를 통해 그러한 자신의 오만함을 보았다. 한

번도 그것이 오만함이라 생각하지 못했다. 당연히 굽히고 들어올 거라 여긴 엘리자베스는 그 생각에 대항했다. 그런 엘리자베스를 통해 다아시는 자신을 발견한 것이다.

오만과 편견은 인생에서 다양한 색깔로 드러난다. 내 속의 오만과 편견을 발견하는 것! 그것은 긴긴 과제다. 시간이 지나도 끝도 없이 나오니까.

8. 오직 성공만 보일 때

느릅나무 아래서 생각했지, 이 욕망은 어디에서 왔을까

"나는 욕망한다. 내게 금지된 것을."

- 자크 라캉

결핍은 욕망을 만들어 낸다. 그리고 욕망은 요구로 드러난다. 우리가 너무 익히 아는 아버지를 아버지라 부르지 못하고, 형을 형이라 부르지 못하는 길동. 아버지를 떠나는 마지막 그 밤에 길동은 아프게 호소한다. 아버지의 아들로, 형의 동생으로 인정받고 싶었던 길동은 서자라는 구조적 시스템의 제한으로 당연히 얻어야 할 것을 갖지 못한 결여된 인간이었다.

이 사회의 시스템, 법, 그것을 '아버지의 법'이라고 한다. 사법적인 의미의 법뿐만 아니라 우리 사회에는 많은 '법'들이 존재한다.

'이거 하지 마라, 저거 해라'의 명령들은 인생의 과업들을 좇아다닌다. 때가 되면 진학해야 하고, 때가 되면 결혼해야 하고, 때가 되면 아이를 낳아야 하는 그런 시간제한의 법들이 대표적이다. 그것을 해내지 못하면 우리는 마치 하등한 인간처럼 느껴진다. 그 모든 금지의 조건에서 욕망은 탄생한다. 어떤 이는 그 욕망을 숨기고, 어떤 이는 요구로 드러낸다. 잘 드러내면 홍길동처럼 영웅이 되기도 한다.

라캉이 말한 욕망을 니체는 '힘(권력)'이라 말하고 있다. 모든 생명은 살아가려는 의지(힘에의 의지, 권력에의 의지)를 가지고 있다. 다시 말하자면, 욕망이 없으면 살아가려는 의지도 없다는 말이 된다.

결핍이 욕망을 낳고, 욕망이 죄를 낳고, 죄의 삯은 사망이다?! 이런 연결고리를 우리는 많이들 생각한다. 유진 오닐의 희곡 『느릅나무 아래의 욕망』 또한 그런 구조이다. 그러나 욕망이란 그런 간단한 논리로 이해되지 않는다. 인간에게 욕망이란 생을 살아 내기 위한 강력한 힘이 되기도 하니까. 그러나 욕망의 발동 오류는 괴물을 만들기도 한다.

> "그리고 담을 쌓았겠지. 돌 위에 돌을 놓아서. 형들 심장이 돌이 될 때까지 담을 쌓았지. 작물 성장을 위해 들어 올린 돌덩이로 형들 마음에 돌담을 만들었어."

캐벗은 누구도 하지 못한 일을 해낸, 마치 장 지오노의 『나무를 심은 사람』을 연상케 할 정도로 돌밭을 농장으로 탈바꿈한 자수성가 인간형이다. 여기까진 대단히 위대한 일이나 그것이 문제다. 그의 삶의 목표는 오로지 '농장'을 만드는 일이었다. 그에게 세 명의 아내가 있었지만, 아내는 영혼의 반려자라기보다 농장을 일구는 농기구나 가축과 같은 수단에 지나지 않았다. 세 아들에게조차 아버지로서 사랑과 배려로 대하기보다는 항상 감시와 처벌로서 자신의 세계를 통제했다. 결국 그는 세상과도 절연한 상태였고, 가족과도 단절된 상태로 자신만이 행복한 악의 성을 평생을 걸쳐 열심히 건설한 것이다.

아들들도 아버지를 따라 오로지 농장을 소유하고픈 욕망으로만 가득 차 있었고, 자신의 인생을 행복하게 살아가기 위한 노력보다는 아버지의 억압에 대한 한의 응어리로 살아가고 있었다.

이 연극의 막이 오르면 첫 번째 대사는 "예쁘다"이다. 막내 아들 시미언이 "예쁘다"를 외치고, 형 시미언과 피터도 농장을 둘러보며 "예쁘다"를 외친다.

마치 에덴동산을 연상케 한다. 아름다운 동산 중앙에 보암직도 하고, 먹음직도 하고, 지혜롭게 할 만큼 탐스럽기도 한 선악과가 있었듯이, 이 농장에는 느릅나무가 온 농장을 품고 떡하니 버티고 있었다. '이 느릅나무들은 집안사람들의 삶과 친밀한 접촉으로 인해 섬뜩한 인간적인 분위기를 풍기면서 집을 짓누를 듯 덮고 있다.' 이 나무는 단순한 나무라기보다 죽은 어머니를 연상케 하면서 이 농장을 둘러싼 사람들의 욕망을 상징한다고 볼 수 있다.

너무 많은 돌을 골라내느라 죽어 간 피터와 시미언의 어머니. 그리고 에벤의 어머니. 그 돌들로 피터와 시미언은 돌담을 쌓았다. 돌담을 쌓으면서 그들의 마음도 서서히 돌이 되어 갔다. 어머니에 대한 안쓰러움과 사랑이 그들이 힘겹고 어려운 상황에서도 끊임없이 생의 의지를 가지고 나아가게 했다. 세 아들은 다 농장을 원했지만, 두 아들은 결국 캘리포니아로 떠나는 것을 선택한다. 에벤은 마치 그 농장이 어머니인 양 포기하지 못하고 끝끝내 매달린다. 그런 매달림 또한 생에 대한 의지가 아닌가! 그것마저 없었다면 그들은 도대체 어떻게 살아갈 용기를 얻었겠는가!

무언가를 얻기 위해 애를 쓰고, 무언가를 바라는 것은 결코 잘못된 일이 아니다. 오히려 우리가 살아가면서 반드시 필요한 일이다. 특히나 젊은 날에는 더더욱.

많은 자기계발서에서 이것을 외치고 있지 않는가! 목표를 세워라. 그 목표를 향해서 구체적 실천적 사항을 세워 철저한 시간 관리하에 행동하라고 명령한다. 그런 면에서 보면 이들은 도대체 무엇을 잘못했단 말인가!

아버지 캐벗은 남들이 다 포기한 돌밭을 일구어 누구나 탐낼 법한 농장을 만들어 냈다. 자기 성공담을 무궁무진 쏟아 낼 법한 삶을 산 것이다. 피터와 시미언은 자신에게는 돌아오지 못할 것을 일찌감치 눈치채고 금이 난다는 캘리포니아로 목표를 바꾸었다. 에벤은 그 방법이 나쁘긴 했지만 갖가지 방법을 동원하여 엄마가 평생 걸쳐 만들어 낸 농장을 알지도 못하는 여자(세 번째 부인 애비)에게 빼앗기지 않으려고 안간힘을 쓰며 지켜 내려 했다.

각자의 인생을 자세히 보면 이해되지 않는 인생이 없는 법이다.

그러나 그들의 욕망의 작동 방식은 긍정적으로만 흘러가지 않았다. 이 연극은 지금의 막장 드라마를 연상케 할 정도로 파격적인 스토리를 담고 있다. 1924년 11월 11일, 뉴욕 그리니치 빌리지 극장에서 초연을 했지만 외설성의 문제로 상연이 금지됐을 뿐만 아니라 외설죄로 경찰에 체포당하고 재판까지 받았다. 그도 그럴 것이 새어머니와 아들의 불륜, 영아 살해의 문제는 오늘날에도 쉽게 받아들여지지 않으니 그 당시엔 오죽했으랴.

"아버지나 형이나 나나 또 에벤이나, 아버지를 위해 우리를 가둘 돌담을 쌓고 있어."

피터의 지적대로 아버지의 결핍에 의한 농장에 대한 강한 욕망은 자신만 불행으로 이끈 것이 아니라 아들들에게도 전가되어 아들의 인생을 돌담 속에 가두었다. 두 아들은 아버지를 떠났고, 셋째 아들은 자신의 아내와 불륜을 저지르고 아이까지 낳아 결국 그 아이를 살해하는 지경에까지 이른다. 그로 인해 에벤과 애비는 잡혀가고 돌담 안에 캐벗만 홀로 남는다. 그 상황 속에서도 캐벗은 보안관에게 그 둘을 보내고선 가축들을 돌보러 간다.

유진 오닐의 위대함을 만끽하게 하는 보안관의 마지막 대사가 씁쓸한 여운을 남기고 연극은 막을 내린다.

"참 멋진 농장이야, 정말로. 내 거라면 얼마나 좋을까!"

이런 파국을 목도한 보안관마저, 또한 이 농장에 대해서 아무런 권리도, 자격도 없는 보안관마저 농장에 대한 욕망을 내비친다. 유진 오닐은 황금에 대한 인간의 욕망을 끝까지 추궁하여 내보이는 듯하다.

1850년, 미국 서부에 골드러시의 바람이 불었다. 기독교적 원리에 입각하여 세워진 나라, 그들의 도덕은 온데간데없고, 부의 축적에만 몰두하는 세상이 되었다. 그 결과, 그들은 점점 더 번영을 누렸고, 그들 자신의 노력과 근면, 성실의 결과라고 자부하여 신의 축복이라 여겼다. 또한 경제적 실패는 신에 버림받은 자들로 치부당했다.

이 한 가정의 모습만 보아도 번영이 반드시 축복이 아님을 명시한다. 안타깝게도 번영의 역설은 현대의 자본주의가 여실히 증명하고 있다. 인간은 번영을 위해 더 많이 노력해야 하고, 심하게 근면해야 하며, 인간의 한계를 넘어서는 성실함을 요구받았다.

잠을 줄이고 시간을 아끼고 점점 더 기계처럼 되어야만 살아남을 수 있는 세상, 돌덩이가 되지 않으면 먹힐 수밖에 없는 세상. 과연 그 욕망은 우리의 결핍을 채울만한 것인가!

달려감을 멈추고 무엇을 위해 달려가는지, 무엇을 위해 돌을 파내는지 생각하지 않고 무작정 욕망만을 좇을 때 우리는 누구나 캐벗처럼 될 수 있다.

9. 내가 강하지 않다고 느껴질 때

네 스타일을 만들면 돼

스파르타식이라는 말이 꽤 매력적으로 느껴지던 때가 있었다. 영화 <300>을 본 후다. 이 영화는 BC 480년 페르시아의 '크세르크세스'황제가 100만 대군을 이끌고 그리스를 향해 진군하자 스파르타의 왕 '레오니다스'가 이끄는 300명의 전사들이 싸우는 이야기이다.

엄청난 대군과 처절하게 싸우는 300명의 전사들의 모습은 스파르타의 위용이 느껴지게 했다. 어릴 때부터 전사로 키워지는 스파르타 시민들. 전 국민의 전사화. 오로지 강한 자만이 살아남는다는 그들의 생각은 어떤 무엇보다도 강한 전투력을 자랑했다.

그러나 그렇게 강하던 스파르타는 기원전 371년에 패권을 잃고 테베가 스파르타를 대신하여 패권 국가가 되었다. 영원할 것 같은 강한 그 전투력은 오래지 않아 소멸되었다.

시오노 나나미는 『로마인 이야기 1』에서 스파르타에 대해 이렇게 평하고 있다.

"힘이라고는 군사력밖에 갖고 있지 못했던 스파르타는, 강국이 될 수는 있었지만 패권 국가의 자리에 계속 머물 수는 없었다. 스파르타인에게는 패배자조차도 납득할 수 있는 생활 철학이 전혀 없었다. 스파르타인의 생활 양식은 밖으로 수출할 수 없는 것이었다. 타국인은 '스파르타식'에 매력을 느끼지 않았기 때문이다. 스파르타에 매력을 느끼지 않는 사람들을 억누르기에는 1만 명의 스파르타 전사만으로는 턱없이 부족했다. 하지만 스파르타는 배타적인 사회였기 때문에 전사의 수를 늘릴 수도 없었다."

반면, 로마는 철저히 개방적인 나라였다. 그리스의 철학을 배우고, 주변국의 좋은 것들을 가져오고, 배웠으며, 응용했다. 철학도, 문학도, 생활도 없이 오로지 전투력만 있었던 스파르타와 다르게 로마는 그 모든 것을 받아들였다. 이것이 로마를 로마로 만든 것이 아닐까?

동양으로 와서 생각해 보자. 스파르타와 비슷한 느낌의 나라, 바로 진시황제의 '진' 나라가 있다. 진나라는 춘추전국시대를 통일한, 그야말로 대단한 나라이다. 강력한 법치로 다소 경제력이 약한 나라였던 이 나라가 통일을 이루어 낸 것이다. 그러나 진나라는 힘만 있고 문화는 없었다. 힘으로 통일을 한 후에는 더 이상 그런 강력한 법은 제 기능을 발휘하지 못한다. 너무 심한 힘은 오히려 반란을 야기하기 마련이다.

'싸우다 죽으나 늦게 가서 죽으나 죽기는 마찬가지'라며 동행자들을 선동하여 호송 관리를 죽이고 난을 일으켰던 그 유명한 진승과 오광의 난도 진나라의 일이다.

진의 법률은 너무 가혹했다. 가족 가운데 한 사람의 범죄자가 사형을 받게 되면 친족 모두가 사형되는 족주(族誅)에 처했고, 한 가족이 법을 어기면 그 마을 전체가 벌을 받는 연좌제를 실시하였다. 특히, 6국 사람들은 이처럼 가혹한 법치(法治)를 받아 본 일이 없었기에 진의 엄격한 법을 지키기가 더욱 힘들었다. 따라서, 반진 운동이 도처에서 일어났다.

통일의 과정은 엄청난 시간과 노력이 필요했지만, 그의 나라는 오래 가지 못했다. 불과 15년 만에 강력했던 진나라는 유방에게 공격받고 망하고 만다.

로마가 그 오랜 시간 동안 로마로 있었던 것과는 상반된다.

유람선을 타고 여행하던 승객들 사이에서 한바탕 이야기꽃이 벌어졌다. 배에 탄 여행객들은 대부분 큰 부자들이었는데, 그들 중 유일하게 가난한 랍비 한 사람이 끼어 있었다. 부자들은 자신의 부유함을 서로서로 자랑하고 있었는데, 입을 꾹 다물고만 있는 랍비에게 당신의 재산은 얼마나 되냐고 물었다. 그랬더니 랍비는 말했다.

"나는 내 자신이 누구 못지않은 부자라고 생각하고 있지만, 지금 당장 내 재산을 당신들에게 보여 드릴 수 없는 것이 유감이요."

초라해 보이는 랍비의 행색에 의심이 깃든 부자들은 믿기 어려웠지만 숨겨 둔 재산이 있나 보다 생각하였다.

몇 시간 후, 해적들이 나타나 그 배를 습격하였다. 부자임을 자랑하던 그들은 금은보화를 비롯한 전 재산을 해적들에게 약탈당했다. 승객들은 간신히 목숨을 유지했고, 배는 가까스로 어느 항구에 다다랐다. 가진 것을 모두 강탈당한 그들은 할 수 없이 그 마을에 정찰할 수밖에 없었다.

랍비는 그곳 마을 사람들로부터 높은 지식과 교양을 인정받아 쉽게 자리 잡았지만, 랍비와 함께 배에 탔던 그 부자들은 모두가 비참한 가난뱅이로 전락해 어려운 생활을 감수해야만 했다. 그리고 그중 한 사람이 랍비에게 말했다.

"랍비님, 랍비님의 말씀이 옳았습니다. 지혜를 소유한 사람은 모든 것을 다 소유한 것이나 다름없습니다."

그렇다. 재산은 언젠가 누군가에게 빼앗길 수 있고, 스스로 잃어버릴 수도 있다. 그러나 지혜는 약탈당할 수도, 잃어버릴 수도 없다.

유태인의 5천 년 지혜를 담은 탈무드는 오늘날의 우리에게도 시사하는 바가 크다. 고대 국가에서 말하는 힘은 오늘날로 보면 돈일 것이다. 근대 이후 계급을 뒤집고, 힘을 가진 것은 이제 전투력이 아니라 돈일 것이다. 그 돈의 힘에 우리는 짓눌려 한없이 무기력해짐을 일상에서 수없이 느낀다. 금수저, 은수저, 흙수저 이런 말들이 새롭지 않다.

세상은 변화하고 있고, 다양화되고 있다. 그러나 그 시대를 관통하는 무언가는 있기 마련이다. 그때의 사람도, 지금의 사람도, 결국은 '사람'이기 때문이다. 시오노 나나미가 말했듯이 '스파르타식'은 더 이상 매력적이지 않다. 그 세계 속에서도, 그 세계 밖에서도 말이다. 잠깐 동안 그것은 매우 강력해 보이고, 대단히 멋지게 보일 수 있다. 그러나 오래가긴 힘든 법이다.

시오노 나나미는 로마가 로마가 된 이유를 이렇게 설명한다.

> "지성에서는 그리스인보다 못하고, 체력에서는 켈트족(갈리아인)이나 게르만족보다 못하고, 기술력에서는 에트루리아인보다 못하고, 경제력에서는 카르타고인보다 뒤떨어졌던 로마인이 이들 민족보다 뛰어난 점은 무엇보다도 그들이 가지고 있던 개방적인 성향이 아닐까. 로마인의 진정한 자기 정체성을 찾는다면, 그것은 바로 이 개방성이 아닐까."
>
> "고대 로마인이 후세에 남긴 진정한 유산은 광대한 제국도 아니고, 2천 년이 지나도록 여전히 서 있는 유적도 아니며, 민족이 다르고, 종교가 다르고, 인종이 다르고, 피부색이 다른 상대를 포용하여 자신에게 동화시켜 버린 그들의 개방성이 아닐까."

세상을 살아가는 방법은 여러 가지가 있다. 무엇이 옳으냐, 그르냐는 차치하고, 무엇이 옳은지에 대한 생각을 해 보는 것이 중요하다. '스파르타'나 '진'이나 그들에겐 로마가 가진 이런 태도가 없었다. 오로지 자신들의 방식, 이것만이 옳다 여기며 돌아보지 않고 나아가기만 했다.

로마는 전쟁에 이겼으면 왜 이겼는지, 졌으면 왜 졌는지 생각했다. 그리고 그들의 좋은 것들을 받아들였다. 우리에게 무엇이 없는지, 그들에겐 무엇이 있는지 파악했다. 우리가 가는 방향이 옳은지, 그른지 생각했다. 좋은 의견을 수용하고 자신만의 스타일로 정착화시켜 나갔다. 이것이 중요하다. 무조건 다 수용하고 포용하고 개방하는 것도 문제다. 좋은 것은 받아들이되, 나에게 맞는 것, 나에게 적용할 수 있는 것을 선별하여 다시 나의 스타일로 만드는 것. 이것이 우리가 인생을 더 잘 살아가는 지혜, 부드러운 전투력이 아닐까!

10. 잠용의 시간이 힘들어질 때

전쟁과 전쟁 사이, 준비해야 해

어릴 적 한 동네 사는 친구의 집에서 누에를 길렀다. 그 친구는 한번씩 누에를 옷에 붙이고 학교에 오곤 했다. 그럴 때면 반 아이들이 난리가 났다. 징그럽다며 고함을 지르고, 도망가는 아이도 있었다.

그 친구는 아무렇지 않게 누에를 떼어 내며 "이게 뭐가 무섭노! 얼마나 귀여운데!" 하며 능청을 떨었다. 누에를 필통 속에 넣어서 다시 가져가는 친구.

그 아이의 집에 가면 온 방에 누에 침대가 있었다. 누에와 함께 잠을 자고, 누에와 함께 밥을 먹었다. 집안 가득 누에 냄새가 코를 찔렀다. 어느 시점이 되면 누에는 고치 안에 들어가고, 온 방에는 하이얀 누에고치만 남는다. 전쟁 같은 누에의 시간이 지나 누에는 돈이 되어 돌아온다. 다시 누에의 작은 애벌레를 받아 올 때까지 그 친구의 집은 안식을 누린다.

잠용(蠶蛹)이란 누에의 번데기를 말한다. 우리가 누에라고 일컫는 애벌레는 누에나방의 유충이다. 누에는 알에서 부화되어 나왔을 때 크기가 3mm 정도로, 털이 많고 검은색 빛깔 때문에 털누에 또는 개미누에라고도 한다.

개미누에는 뽕잎을 먹으면서 성장한다. 4령 잠을 자고 5령이 되면 급속하게 자라 8cm 정도가 되어 개미누에의 약 8000~1만 배가 된다. 약 20일 내외만의 일이다.

5령 말이 되면 뽕 먹기를 멈추고 고치를 짓는데, 약 60시간에 걸쳐 2.5kg 정도의 고치를 만든다. 한 개의 고치에서 풀려나오는 실의 길이는 무려 1,200~1,500m나 된다. 고치를 짓고 나서 약 70시간이 지나면 고치 속에서 번데기가 되며, 그 뒤 12~16일이 지나면 나방이 된다.

나는 친구의 집에 있던 누에가 참으로 오래도록 친구의 집을 점령했다 여겼는데, 사실은 아니었던 것이다. 고작 2주쯤이었다.

이 잠용의 시간은 나방에게만 있는 것이 아니다. 개미에게도, 매미에게도, 사람에게도 있다. 그 시간을 어떻게 보내는가에 따라서 아름다운 실을 뽑아낸 후 나방이 되어 날아오를 것이냐, 아니면 실패하여 그대로 썩어 버릴 것이냐, 아님 열심히 노력은 했으나 아무런 실도 못 만들어 낼 것이냐가 결정될 것이다.

시오노 나나미의 『로마인 이야기 2』에서는 주로 한니발의 전쟁을 다루고 있다. 카르타고의 영웅 한니발, 로마의 영웅 스키피오와의 대결이

주를 이룬다. 이 책에서 생각할 점이 참으로 많지만 그중에서도 1차 포에니 전쟁과 2차 포에니 전쟁 사이의 23년에 눈이 멈추었다. 그 23년을 이 두 나라는 어떻게 보냈을까?

물론 우리는 포에니 전쟁이 1차로 끝나지 않을 것을 알고 있지만 그들은 몰랐을 것이다. 그래서 그 전쟁이 마지막인 듯 살았을지도 모른다. 그러나 우리는 항상 다음을 생각할 줄 알아야 한다. 승자는 늘 그 잠용의 시간을 잘 보내는 자가 될 수밖에 없다.

당시 카르타고는 누구나가 인정하는 강국이었다. 이제 부상하는 로마와는 다른 위상을 가지고 있었다. 그런데 로마는 까마귀 신무기를 개발하여 적의 주요 전략을 무력화 시키는 전법을 응용하여 승리를 이끌어 냈다. 육전에 강했던 세력이 천년이 넘도록 바다를 넘나들던 해양 세력을 바다에서 완전히 꺾어 버린 것이다.

카르타고의 입장에서 본다면 어이없는 실패였다. 그런데, 그 전쟁 이후 카르타고는 무엇이 변화되었을까? 그들이 이렇게 비참한 실패를 맛본 원인을 분석했을까?

여전히 카르타고는 포에니 전쟁 전과 똑같은 방식으로 속령을 지배했고, 병력 역시 필요하면 돈으로 용병을 고용하는 방식을 고수했다. 그 용맹한 장군 한니발도 이 용병제도에 대한 회의를 품지 않고 2차 포에니 전쟁에서도 꾸준히 용병을 모집하여 전투에 임했다. 이것은 쉬운 방법이고, 또 나의 군사를 잃지 않으며 총알받이로 사용할 수 있는 장점이 있을 수 있겠지만 언제나 배신할 수 있는 가능성을 품은 용병은 악수로 작용할 수 있는 여지가 있다.

그래서 마키아벨리도 『군주론』에서 용병이 아닌 무조건 자국 군대를 가져야 함을 강조하였다. 그는 용병은 언제든 아군을 공격할 수 있으므로 무익한 군대라고 지탄하고 있다. 그러면서 다윗왕의 예시를 들고 있다.

성경에 보면 어린 다윗이 아버지의 심부름으로 전쟁터에 나가서 싸우고 있는 형들에게 갔다. 마침, 블레셋 군대의 거인 장군 골리앗이 이스라엘의 군대를 조롱하고 있던 차였다. 그의 기개에 짓눌려 떨고 있는 사울왕과 이스라엘 군대를 보고는 격노한 다윗은 왕에게 자신이 나가서 싸우게 해 달라고 했다. 그 용기에 감동한 사울왕은 자신의 커다란 갑옷과 칼을 다윗에게 준다. 그것을 입어 보니 갑옷은 당연히 맞지 않고, 칼도 너무 무거워 들 수조차 없었다. 다윗은 도로 갑옷을 벗고, 칼이 아닌 목동의 일을 하며 짐승을 때려 죽이던 자신의 물맷돌로 싸운다.

쒸이잉 물맷돌은 날아가 골리앗의 이마 정중앙에 그대로 꽂힌다. 그 큰 골리앗은 돌멩이 하나에 쓰러지고 만다.

마키아벨리는 이 이야기를 통해 타인의 무기와 갑옷은 잘 맞지 않거나, 부담이 되거나, 움직임을 제약할 뿐이라고 한다. 그래서 용병이나 원군이나 혼성군 보다는 자국군을 강화해야 한다고 여러 번 강조하여 말한다.

카르타고는 한 번의 실패에도 불구하고 그것을 고치지 않고, 고수한다. 반면 로마는 카르타고와는 전혀 상반된 길을 간다. 그들에겐 자생적 인재 수급 능력이 탁월했다. 한 명의 집정관이 죽으면 또 다른 집정관, 한 명의 집정관이 실패하면 또 다른 집정관이 있었다.

평민도 집정관으로 세우고, 속국의 사람들도 로마 시민으로 인정하여 리더로까지 세웠다. 패장을 벌하지 않으며 패배한 나라를 자신의 나라로 받아들였다. 그래서 다양한 자국의 인재들을 끊임없이 양성해 냈다.

또한 로마는 1차 포에니 전쟁 후, 그 평온의 시간에 그저 놀고먹고, 승리에 취하여 홍청망청 보내지 않았다. 그리스 열풍이 불어 그리스의 철학과 문학을 흡수하였다. 도로망을 구축하며 정복한 땅과 식민지를 연결하는 사회간접자본을 형성해 나갔던 것이다.

잠용의 시간을 다르게 보낸 두 나라. 그 후, 한니발이 쳐들어오며 2차 포에니 전쟁이 시작되었다. 한니발 또한 대단한 사령관이라서 로마가 예상하지 못한 북쪽의 알프스를 넘어 공격해 오기 시작했다. 처음에는 한니발의 승리가 지속되었다. "한니발이 성문 앞에 있다", "한니발은 무엇이든 지나간다" 이런 속담이 생길 정도로 그의 추진력은 대단했다.

한니발의 원정 목표는 로마와 정적인 갈리아족을 아군으로 포섭해 나가면서 로마 동맹을 깨는 것이다. 로마 동맹을 깬다면 그들의 적은 오로지 로마밖에 없을 테니 싸울 만해지기 때문이다. 그런 철저한 계산에도 불구하고 결국 한니발은 로마의 스키피오에게 패배하고 도망가는 처지에 놓이고 만다.

로마의 동맹은 결코 깨지지 않았다. 한니발이 그토록 깨고 싶어 했던 로마의 동맹. 로마는 동맹이 깨질 위험이 생기면 그들에게 시민권을 주어 그들을 회유했다. 오랜 시간 동안 갖추어졌던 로마의 그 개방성이 위기에서 빛을 본 것이다.

대부분의 나라에서는 위기가 닥치면 국론이 분열되지만 로마에서는 그런 일이 일어나지 않았다. 로마의 다른 동맹국과 식민지들은 여전히 로마연합에 남아 있었다.

우리는 인생길에서 누구나 다 광야를 만난다. 끝도 없이 펼쳐진 사막. 어디에 파라다이스가 있는지, 어디쯤 가야 이것이 끝나는지 도저히 알 수 없는 그런 시간 말이다. 순적한 인생을 산다고 말할 수 있는 사람에게조차 그런 시간은 있다.

아무리 노력해도 아무도 알아주지 않는 시간, 언제 끝날지 모를 것 같은 번데기의 시간.

그러나 번데기에서 나방으로 부화하는 시간이 따져 보면 그닥 길지 않음을 볼 수 있다. 카르타고와 로마는 그 사이의 시간이 23년이었다. 그 23년을 어떻게 보냈는가에 따라서 이 두 나라의 운명은 이미 결정된 것이었다. 긴 역사에서 23년은 그저 '고작'이지 않겠는가!

"로마는 하루아침에 이루어지지 않았다". 우리의 일상 속에서 '하루아침에' 행운을 만난 듯 보이는 대부분의 것에는 반드시 잠용의 시간이 숨어 있다. 그 시간을 견디지 못하고 중간에 일어선다든지, 아니면 그 시간을 돌아보지 않고 헛되이 보냈을 때 '다음'은 이미 결정된 것이다.

지겨울 것이다. 괴로울 것이다. 그 잠용의 시간 말이다. 그러나 그 시간의 다음이 전쟁의 승패를 좌우한다면 연산군처럼 홍청들과 놀아나다 망청이 된 것을 반면교사 삼을 수 있지 않을까!

11. 내가 매력 없다 느껴질 때

너의 아름다운 변주를 들어 봐

“인간에게는 절대로 양보할 수 없는 선이 있다. 그것은 사람에 따라 다양하기 때문에 객관성이 없다. 따라서 법률로 다룰 수 없고, 종교로 가르칠 수 없다. 개개인이 자기한테 좋다고 생각하는 생활 방식일 뿐, 만인 공통의 진리를 탐구하는 철학은 아니다.
이것은 라틴어로는 ‘스틸루스’, 이탈리아어로는 ‘스틸레’, 영어로는 ‘스타일’이다.
다른 사람이 보면 중요하지 않아도 자기한테는 그 스타일이 다른 무엇보다도 중요한 이유는 거기에 손을 대면 자기가 아니게 되어 버리기 때문이다.”

“자질이 대등한 이 두 사람(카이사르, 아우구스투스)도 스타일에는 차이가 있었다. 어쩌면 인간의 차이는 자질보다 스타일, 즉 자세에 있는 게 아닐까 하는 생각마저 든다. 바로 그렇기 때문에 '자세'야말로 그 사람의 매력이 되는 게 아닐까. 알렉산드로스 대왕의 매력이 짧지만 충일했던 그의 생활 방식에 있었던 것처럼."

– 시오노 나나미, 『로마인 이야기 15: 로마 세계의 종언』

'죽느냐 사느냐 그것이 문제로다'의 햄릿처럼, 끝까지 로마인으로 살다가 짧게 죽을 것이냐, 야만인으로 돌아가 길게 살 것이냐, 그것이 문제였던 마지막 로마인 스틸리코.

그는 반달족 출신의 아버지와 로마인 어머니 사이에서 태어났다고 전한다. 그의 아버지는 로마 군대에 기병 장교로서 복무하고 있었다고 하지만 자세한 것은 알 수 없다. 아버지계가 로마인이고, 어머니계가 야만인이면 로마인으로 인정하지만 그 반대이면 야만인이 될 수밖에 없었던 그때, 스틸리코는 그의 핸디캡을 극복하기 위해 로마인보다 더 로마인답게 살았다. 마치 무수리의 아들로 왕좌에까지 오른 영조가 조금의 흐트러짐도 없이, 완벽을 추구했던 것처럼 말이다.

황제의 누이와 결혼했고, 황제의 장인까지 되었던 스틸리코였다. 전 황제의 유언을 평생을 걸쳐 지키며 멍청한 호노리우스 황제를 잘 도와 스러져 가는 망국의 로마를 힘겹게 지켜 나갔다.

"지도자층에 속하는 로마 남자에게 서약을 지키는 것은 법률을 넘어서는 도덕 문제다. 지금은 도덕의 중요성도 떨어질 대로 떨어진 느낌이지만 스틸리코가 이상으로 삼은 것은 동시대의 로마인이 아니라 옛날의 로마인이었을 것이다. …… 로마인은 서약을 지키는 것을 가장 중요시했지만 지위에 상하가 있더라도 무인들 사이에 맺은 서약은 엄격히 지키는 것이 다른 어떤 민족의 군대와도 다른 로마군의 특징이라고 그는 믿고 있었다. 이것도 역시 옛날이야기가 되어 버렸지만, 스틸리코에게는 전혀 옛날이야기가 아니었다.”

이것이 스틸리코의 ‘스타일’, 즉 ‘자세’였다. 이 스타일을 포기했더라면 그는 천수를 누렸을지도 모른다. 가늘고 길게 야만인의 삶을 살았을 것이다.

하지만 결국 그는 반기를 들지 않고 로마인으로 남았다. 평생을 바쳐서 섬겼던 황제 호노리우스가 그때껏 황제의 자리에서 스스로 선택한 일이라곤 스틸리코를 사형에 처하는 일이라고 한다.

미국의 식당에 가서 “Tom!” 하고 부르면 대부분의 남자들이 돌아본다고 한다. 그만큼 이 이름은 평범하고 흔한 이름이란 뜻일 것이다. 우연히 라디오에서 이 음악을 처음 듣게 되었다.

‘Tom's Diner.’

“난 아침에 길모퉁이에 있는 한 식당에 앉아 있어. 커피를 따라 주기를 카운터에서 기다리고 있어. 점원이 잔을 반만 채

우길래 따지려고 했는데 그는 창밖에 누군가 들어오는 걸 보고 있었어.

널 보면 늘 반가워. 기분 좋아. 카운터 뒤의 남자가 우산을 털며 들어오는 여자에게 말을 했어. 그들이 키스를 할 때 난 다른 곳으로 시선을 돌렸어. 그들을 못 본 척하면서 우유를 따랐어.

신문을 펼쳐 보니 술을 먹다가 죽은 배우의 기사가 있어. 한 번도 들어 본 적 없는 배우야. 별자리 운세를 보고 뭐 재미난 거 있나 보고 있는데 누가 날 쳐다보는 기분이 들어서 고개를 돌려 봤어.

어떤 여자가 창밖에서 안을 들여다보고 있어. 날 보고 있는 건가? 아니야. 날 보는 게 아니고 창에 비친 그녀를 보는 거야. 그녀가 치마를 들어 올리고 있는 걸 못 본 척하려고 노력 중이야. 그녀가 스타킹을 올리는 동안 그녀의 머리는 젖고 있어.

오, 이 비는 아침 내내 계속 올 거야. 성당의 종소리를 들으니 비가 오기 전의 한밤중 소풍과 너의 목소리가 생각나. 이제 커피를 다 마셨어. 기차를 타러 갈 시간이야."

원래 이 곡은 별도의 연주 없이 수잔 베가의 노래로만 이루어진 곡이었다. 가사를 보면 뉴욕에 실제로 존재하는 톰의 레스토랑(Tom's Restaurant, 수잔 베가가 바너드 대학에 진학 중일 당시 자주 다니던 식당의 이름)을 배경으로 간단한 식사를 하던 여성(아마도 수잔 베가?)이 자신의 주변 풍경을 담담하게 읊어 나가고 있다.

그런데 DNA라는 팀(스티브 아다보, 레니 케이)이 반복적인 후렴구를 단락마다 적절히 배치하여 상당히 감각적이고 환상적인 곡으로 재탄생시켰다. 원작자의 허락도 받지 않고 상업적 용도로 사용한 것은 명백한 불법이었지만, 워낙 리메이크 버전의 완성도가 높았기에 수잔 베가는 정식 발매를 수락했다.

곡을 처음 들었을 때 받은 그 서정성과 몽환적인 느낌에 비해 가사는 대단히 서사적이며 건조하다. 하지만 찬찬히 뜯어보면 주인공의 따뜻한 시선이 느껴진다.

제목만큼이나 잔잔하고, 고요하고, 별것 없는 '식당에서의 잠시'. 일상적이고 평범한. 그런데 이 노래를 듣고 있으면 전혀 평범하지 않다. 인트로에 삽입된 무반주로 들리는 생음 '뜨뜨뜨르 뜨뜨뜨르' 이거 하나만으로도 Tom은 전혀 평범하게 느껴지지 않음은 당연하고, 노래 속 주인공의 시선 하나하나가 대단히 매력적이게 다가온다. 커피에서, 식당의 손님, 신문의 기사, 한 여자, 그리고 그. 세상에 관심 없는 듯 무심하면서도, 세심하고, 따스한 눈길이 느껴진다. 그리고 그를 생각하는 그리움까지. 일상에 녹아 있는 그녀의 태도, 스타일이 느껴진다.

대개의 사람들이 '매력적이다'라고 생각하는 사람은 어떤 특징을 가지고 있을까? 스틸리코처럼, 카이사르처럼, 알렉산드로스처럼 강렬한 스타일을 가진 사람에게 그런 매력을 느낀다. 부인할 수 없는 멋진 자세, 이성에게는 물론이고, 동성에게조차 흠모할 만한 요인을 가진 그들을 보면 어쩔 수 없는 매력을 느끼곤 한다.

시오노 나나미가 쓴 문장을 보며 '나에게는 그것을 빼면 내가 아니게 되어 버리는 분명한 스타일이 무엇일까?' 생각해 보게 되었다. 그런 분명한 스타일이 없을 때, 우리는 보통 매력 포인트가 없다고 생각한다. 오래도록 고심해 보아도 스탈리코처럼 강렬히, 그렇게, 죽음을 선택하고서라도 남겨야 하는 스타일이라는 게 나에게 존재하지 않아 보인다. 그래서 나는 매력적인 사람은 못 되는구나, 하는 자괴감에 빠진 때도 있었던 것 같다.

하지만 'Tom's Diner'를 들으면 특별함이 곧 스타일은 아니라는 생각이 든다. 평범의 편안함. 조용한 강렬함. 이 노래 속 그녀가 그렇게 다가왔다.

생각해 보면 우리 주변에도 그런 이들이 꽤 있다. 장미 같은 사람이 아닌 들꽃 같은 사람. 많은 말을 듣고 있다가 한마디만 해도 빛이 나는 그런 사람. 대단한 것을 하지 않는데도 대단해 보이는 그런 사람 말이다.

사실, 우리가 대단하다, 특별하다고 규정지어 놓은 것은 평범함을 딛고 서 있다. 특별한 하루는 일상을 기반한다. 마치 무반주의 'Tom's Diner'처럼.

평범함 속에 '뜨뜨뜨르 뜨뜨뜨르'의 후렴구 한 줄을 찾을 수 있다면 내 인생은 한층 더 빛나리라. 나의 평범함을 작은 변주 하나로 특별하게 만들 수 있는 무언가! 나를 바꾸지 않고, 나의 스타일을 지키면서도, 나의 나 됨을 더 도드라지게 할 수 있는 무언가.

내게 있어 그것은 책이었다. 글을 읽고, 글을 쓰는 것. 그것은 지극히 평범하고, 조용하고, 특색 없는 나에게 사람들의 시선을 머물게 했다.

12. 상처가 내 발목을 잡을 때

인생은 해석이다

'길'이라는 단어에서 항상 한 가지 이미지가 연상된다.

가을날의 그 길. 500m도 넘는 그 길 양옆에는 코스모스가 흐드러지게 피어 있었다. 황금 물결을 이루는 논들을 가르고 쭉 뻗은 색색의 코스모스 길은 천국으로 이어질 것만 같았다. 그때까지 그토록 화려하고, 알록달록한 이미지는 나의 뇌, 어디에도 또다시 없었다.

처음부터 그곳이 그러한 모습을 가지고 있었던 것은 아니었다. 내게 그 길은 경운기가 다니는 논길이었을 때가 더 정겹기도 하다. 그 논길에는 코스모스의 화려함 같은 건 없었다. 바퀴가 지나치지 않는 부분을 따라 잡초만 무성할 뿐이었다. 그런데도 대로로 다니지 않고 뱀도 지나다니는 그 흙길로 가는 것이 좋았다.

기분이 좋으면 큰 소리로 룰루랄라 노래도 부르고, 쉬이 말 못 할 힘든 일이 있으면 그곳에서 큰 소리로 울며 걷다가 지치면 풀밭에 아무렇게나 앉아 먼 산을 보곤 했다.

어느 날 갑자기 그 흙길은 뚝 잘려 멀리 아스팔트 도로와 연결되어 잘 닦인 2차선 아스팔트 도로로 변했다. 삭막해진 그 길에다 면사무소에서 일꾼을 동원하여 코스모스를 심었다. 해가 더할수록 코스모스는 새끼에 새끼를 쳐 점점 더 무성해져 갔다. 처음에는 그 길이 보기 좋지 못하다고 불평하는 사람이 많았지만, 코스모스 덕에 그 길은 칭찬을 받게 되었다.

그러나 나는, 딱딱한 아스팔트의 그 길을 걸을 때면 흙길의 푹신함이 그리웠다. 흙길이 없어지기 전까지 나는 흙을 밟을 수 없다는 것이 그토록 서글픈 일인지 몰랐다.

가을이면, 코스모스 피 토하는 그 길. 나는 이제 그 길에서 노래도 부르지 않았고, 소리 내어 울지도 않았다. 이제 그 길은 그냥 길이었다. '그냥'이란 말이 얼마나 가슴을 내려앉게 하는지.

노래 대신, 울음 대신 그 길을 지날 때마다 코스모스의 머리를 똑똑 분지르며 지나갔다. 어쩐지 나만의 공간을 빼앗긴 듯하여 아름다운 그 길이 미워졌다. 처음부터 마음에 들지 않던 그 길은 급기야 사고를 쳤다.

학교를 마치고 집으로 왔는데, 엄마는 초점 없는 눈으로 방 안에 앉아 계셨다. 그 시간에 집에 있는 경우가 거의 없으신 엄마였기에 나는 반가웠다. 그런데 엄마의 눈이 붉었다.

"엄마! 왜 그래요?"

"성태가 죽었다. 원해 가는 길에서."

넋이 나간 표정으로 말씀하시는 엄마의 말에 슬프기보다 어이가 없었다. 도저히 믿기지 않았다. 나중에야 그때의 상황을 들을 수 있었다.

그 길 사거리에서 오빠의 차는 왼편에서 오던 15톤 트럭과 맞은편에서 오전 포터 사이에 완전히 찌그러져 버렸다. 오빠의 뇌는 종이처럼 납작하게 되어 그 자리에서 즉사했다.

엄마는 유일한 목격자였다. 할머니 밥을 차려 드리러 원해에 다녀오시던 엄마는 그 끔찍한 장면을 어쩔 수 없이 보고 말았던 것이다.

그토록 잔인한 죽음도 있을까, 싶은 마지막이었다. 한 가닥 생의 열망도 가지지 못할 순간에 죽고 만 것이다. 언니를, 언니의 뱃속에 있는 오빠의 아이를 그때 오빠는 떠올릴 시간이 있었을까.

오빠와 결혼할 언니는 임신 3개월차였다. 한 달 전쯤 언니는 평소 이모처럼, 엄마처럼 지내던 엄마를 찾아왔었다. 결혼할 형편이 아니었던 언니는 독한 마음을 품고 엄마를 찾았던 것이다. 그 밤, 엄마 방에선 밤늦도록 흐느낌이 들렸다. 하지만 결국 엄마의 설득으로 오빠와 언니는 결혼 날짜를 잡았다. 오빠가 그렇게 가 버린 건 결혼식 사흘 전이다.

죽음보다 더 두려운 것은 방치됨이 아닐까. 오빠가 그렇게 황망히 가고 언니는 집 밖을 나오지 않았다. 정신이 나가서 정신 병원에 갔다느니, 따라 죽었다느니, 하는 괴괴한 소문이 돌았다.

몇 달 후, 언니를 보게 되었는데, 언니의 배는 부르지 않았다. 헐렁한 언니의 배를 보는 순간 나는 눈물이 날 뻔하였다.

코스모스 꽃잎이 짓이겨져 아스팔트에 물들어 있는 그 길을 걸으면 오빠의 피가 아직도 남아 있나 싶어 몸서리가 쳐졌다.

고향집으로 가는 고즈넉한 길과 같은 길은 이 도시엔 없다. 네온사인이 반짝거리는 화려한 길들이 온 사방에서 번잡하다. 도시의 보도블록을 걷는데, '고향역'이라는 노래가 들려왔다. 그 노래를 듣자 기억은 오빠와 언니와 함께한 마지막으로 나를 소환했다.

연탄불에 지글지글 고기가 타는 우리 집 마당. 결혼을 결정하고 기분이 좋아 약간의 취기로 '고향역'을 불렀던 오빠. 나는 무슨 그런 아저씨 노래를 부르냐며 면박을 주었지. 멋있지 않냐며 나의 어깨를 치던 언니. 오랜만에 행복한 엄마와 나.

기억이란 무서운 것이다. 언니는 지금, 이 마당의 기억으로 현재를 살까, 그 길의 기억으로 현재를 살까! 부디, 연탄불에서 지글지글 타오르는 고기의 냄새와 '고향역'의 노랫소리와 가을밤의 풀벌레 소리와 그날의 웃음소리를 기억하며 살길 바란다.

기억이란 무서운 것일까? 아름다운 것일까? 차라리 망각이 축복일까? 망각은 두려운 것일까? 기억하고 싶지 않은, 차라리 다 잊고만 싶은 기억은 어떻게 하고 살아가는 하는 것일지를 생각하게 만드는 가브리엘 마르케스의 소설 『호박색 밤』은 내 인생 처음으로 맞닥뜨린 끔찍한 죽음의 기억을 소환했다. 상처로 남은 기억을 어떻게 처리해야 할지 길을 제시해 주었다.

『호박색 밤』은 『밤의 책』의 후편으로, 페니엘가(家) 사람들의 상처와 성장을 그리고 있다. 레비나스의 제자답게 그녀의 소설에는 주체 의식보다는 타자에 대한 윤리적인 태도가 잘 녹여져 있다.

타자, 그중에서도 타인이란, 참 중첩적이다. 나에게 상처의 기억을 남기는 것도 타인이고, 그 기억을 다른 아름다운 기억으로 덮어 다시 살게 하는 것도 타인이다. 낮과 밤이 합해져서 하루가 되듯이 모든 것이 한데 어우러지게 하는 통합은 사랑이 가능하게 한다. 사랑은 부재와 상실보다 더 고집스럽게, 절망보다 더 질기게 생을 살게 한다.

이 소설은 너무 많은 사람들의 등장과 과거와 현재, 상상과 현실이 혼재되어 처음에는 읽어내기가 여간 성가신 게 아니다. 제목을 따라 호박색 밤, 본명 샤를 빅토르를 따라 읽으면 좀 더 쉽게 읽힌다.

> *"형은 죽었고, 어머니는 미쳤고, 아버지는 울고 있었다. 그러니까 그를 걱정해 주는 이는 아무도 없단 말인가?"*

겨우 다섯 살의 샤를 빅토르는 형과 어머니와 아버지를 한꺼번에 잃었다. 형의 죽음으로 실성한 어머니와 그 어머니를 간호하느라 더 실성한 아버지는 그를 철저히 내팽개쳤다. 어린 호박색 밤은 갑작스럽게 타데 삼촌의 집으로 갈 수밖에 없었다. 그곳에서 철저히 고립된 어두운 유년기를 보낸다.

'실제로 그는 한 번도 사랑을 한 적이 없었다. 무엇보다 자기 자신을 사랑한 적이 없었다. 그가 다섯 살이 되던 어느 날 저녁, 어머니가 미친 듯한 절규를 내지르며 그의 유년기를 파괴한 이후로 그의 사랑은 병을 앓게 되었다. 공포와 분노와 질투의 병이었다.'

그때의 그 감정은 서른이 넘도록 그를 파괴했다. 스스로를 파괴하고 죽음과 광기로 자신을 몰아넣었다. 고향을 떠나 도시로 나간 그는 누구에게도 자신을 드러내지 않고, 진정으로 다가가지 못한다. 그러나 내면 깊은 곳에서는 그 고통에서 벗어나고 싶었다. 하지만 그의 삶은 양심의 가책과 죄의식을 포함한 일체의 기억을 부인하듯, 모든 의무로부터 해방된 자처럼 행동한다. 마치 모든 수치심, 죄의식을 면제받은 듯.

결국 자신에게 진정으로 다가온, 자신의 거꾸로 된 분신이자 음화이미지 같은 로슬랭을 죽음에 이르게 한다. 두 사람은 처음부터 비슷한 상처를 경험했지만, 로슬랭은 순종과 부드러움과 겸허함을 체득한 반면, 호박색 밤은 분노와 교만을 체득하였다. 그것을 알면 알수록 받아들이기 힘든 호박색 밤은 결국 그를 없애기로 한다.

범죄가 완수되자, 그는 더 휘청대고 부서지는 상실된 존재가 되었다. 결국 모든 것을 버리고 고향으로 돌아가는 그. 검은 땅으로 돌아온 그는 자신의 몸을 극단의 피곤으로 내몰며 노동에 몰입한다. 하지만 카인의 저주라도 받았는지, 그의 손이 가는 것마다 생명이 꺼져 버린다. 고향에서조차 그는 이방인처럼 살았다. 결국 그토록 싫어했던 나무에 매달리게 되었다. 땅에서 뽑히고 뿌리로부터 베어져 잘려 나간 나무들을 다루는 일, 목공일 말이다.

참 아이러니하게도 뿌리로부터 잘려진 그의 삶을 다시 새롭게 만드는 목수처럼 그의 삶도 새로워지기 시작했다. 바로 그의 아들 상드르가 그에게 오고 나서부터이다. 그가 로슬랭을 죽음에 이르게 한 후 그는 로슬랭의 여인과 하룻밤을 보낸다. 그 여인에게서 한 번도 느끼지 못한 따뜻함을 느끼고 그는 고향으로 돌아오게 된 것이다. 하지만 그녀는 홀로 상드르를 키우다 결국 죽고 말았다. 그녀의 친구가 상드르를 호박색 밤에게 데려왔다. 하지만 상드르는 마치 그 옛날 어린 호박색 밤처럼 모든 것에 분노하며 극심한 슬픔으로 아무에게도 문을 열지 않았다.

하지만 호박색 밤은 그 옛날 그의 부모와는 달랐다. '과거로부터 밀어닥치는 이 파도들보다 더 빨리 달렸다. 자신의 이름으로 메아리를 모두 절단하고, 뿌리를 모두 뽑아냈다. 그는 관계나 역사와도 무관한 자가 되고 싶었다. 과거가 없는 자가 되고 싶었다. 그는 단호히 밤에 등을 돌리고 자신을 위해 그림자 한 점 없는 낮을 지어냈다.' 하지만 그는 밤을 완전히 배제하진 않았다. '이 낮 속에 밤이, 밤의 그림자와 메아리가 녹아들게' 하였던 것이다. '밤은 그 모두가 뒤섞인 것이었고, 모든 게 묘한 과일 맛처럼 입안에 녹아들어' 있다.

과거의 기억을 새로운 아이에 내려놓으니 그는 자기 스스로가 만들어 내고 재창조한 광기에서 해방되었다. 모든 광기와 분노와 질투의 병에서 벗어난 호박색 밤의 손은 따뜻한 아버지의 손이 되어 상드르의 얼음 같은 마음을 녹였다.

상처의 기억은 잊히지 않는다. 시간이 갈수록 오히려 더 또렷해지는 상처도 있는 법이다. 그래서 우리는 그 기억을 잊고 싶어 한다. 마치 아무것도 없었던 듯이, 원래부터 없었던 듯이.

하지만 잊는 것이 더 고통이라면 잊지 않는 편이 오히려 더 낫지 않을까!

호박색 밤에게 상드르는 어쩌면 과거의 상처를 소환하는 존재가 됐을지도 모른다. 그러나 그에게 상드르는 아픔을 치료하는 존재가 되었고, 치료된 호박색 밤은 상드르를 치료하는 자가 되었다.

밤과 낮을 동시에 살아가는 것이 인생이다. 밤이 있어야 낮이 있는 것이 세상의 이치이다. 우리는 이미 안다. 낮 속에 밤이 숨겨져 있다는 사실을.

너무 버거운 밤의 기억이 올 때면 그 밤의 시간보다 더 빨리 달리면 된다. 따뜻한 낮을 더 빨리 만나는 길로 내달리면 된다. 상드르의 웃음 같은 그런 곳으로. 그 옛날 연탄불 피우고 '고향역'을 부르며 환히 웃던 오빠의 웃음 같은 그런 곳으로.

기억은 나의 것이다. 좋은 기억들은 현재의 고통을 뒤덮을 수 있다. 지금 내 현실의 좋은 기억들을 붙잡는 것, 지금 이 장소에 있는 '좋음'을 붙잡는 것. 그것은 내가 할 수 있는, 나의 의지의 영역이다.

"장소란 원래 존재하지 않는 곳이다. 그러나 인간이 머무르는 순간 엄청난 힘을 지니게 된다."

장소에는 힘이 없다. 그곳에 누가 있는지, 무엇이 있는지, 어떻게 창조해 나가는지가 중요하다.

사르트르는 '타인은 지옥이다'라고 말했다. 그러나 우리는 현존재로서 그 상황에 적응하고, 그 상황에서 또 다른 천국의 길을 찾아내는 힘이 있다. 전쟁이 없는, 상처가 없는 현재를 산다고 해서 지옥이 없는 것이 아니라 나의 인생을 어떻게 해석하느냐에 달려 있음은 분명해 보인다. 결국 인생은 해석이다.

13. 더 빨리 달리고 싶어 욕심이 날 때

모데라토 칸타빌레, 보통의 빠르기로 노래하듯이!

나이가 들면서 젊어서 안 하던 일을 하게 되었다. 그중 하나가 등산이다. 20·30대에는 끔찍하게 여겼던 등산을 자발적으로 하게 된 것은 홀로 걸으며 생각하기 좋은 곳이 산이었기 때문이다. 걷는 것을 지독히도 싫어하던 내가 천천히 걷고 또 걸으며 '보통의 걸음'을 유지하는 법을 그제서야 배운 것이다.

산린이(산+어린이의 합성어, 산행 초보자)가 되어 높은 산엔 잘 가질 못하고 왔다 갔다 세 시간쯤 걸리는 천가산 연대봉엘 자주 다니고 있다. 내 삶의 속도 조절이 필요할 때, 빨리 달리고 싶은 욕심이 나의 눈을 가로막을 때, 내 주변이 내 욕심대로 되지 않을 때, 내 속에 끝없이 주체할 수 없는 욕망이 들끓는 그 어떤 시간에는 매일같이 등산을 했다.

산꼭대기에서 푸르른 하늘을 바라보며, 파르르 바람에 떨리는 잎사귀를 바라보며, 가슴 떨리게 반짝이는 바다의 윤슬을 바라보며 걷는 일이란 분주한 일상을 내게서 도려내어 주었다. 마치 세상을 내 아래에 두고, 그 모든 복잡함을 내려다보며 이 세상 모든 것을 초월한 느낌. 그 가운데에서 어떤 소리도 듣지 않고 고요히 하늘과 맞닿아 생각을 정리하고 돌아오곤 한다.

"연대봉까지 이제 200m 남았습니다."

정상에 다 와 가는데, 이런 팻말이 있다. 마지막 가파른 구역에서 심장 터질 듯 헉헉거리다가 이 팻말을 보니 갑자기 힘이 솟는다. 지금이 너무 힘들어서일까? 정상이 너무 좋아서일까?

인생도 어느 지점에 도착하면 이제 몇 미터 남았다고 말해 주면 좋겠다는 생각이 불현듯 들었다. 내 인생 최고점이 이제 200m 남았다면? 내 인생 골인 지점이 이제 겨우 200m 남았다면? 나는 지금 어떻게 살까? 지금 이대로의 속도로, 지금 이대로의 고민으로, 지금 이대로의 번잡함으로 살까?

지금 내가 가장 중요하게 여기는 것을 가장 중요하게 여기고, 지금 내가 하지 않고 잠시 멈추고 있는 것을 그대로 멈추어 둘까?

참 묘하게도 어느 누구도 스틱스강을 건너는 그 시간을 모른다. 그래서 지금 나의 선택이 최선의 선택인지, 후회할 일인지 모른 채 그저 현재만을 산다.

고대 그리스 사람들은 인생의 큰 문제들을 신전에 가서 물었다. 우리의 선조들은 점쟁이에게 가서 물었다. 지금도 그러한 현상은 남아 있어서 점집은 여전히 성행한다.

인간은 왜 이토록 미래가 궁금할까?

그리스·로마 신화에 아폴론이라는 신이 있다. 아폴론은 태양의 신이고, 동생 아르테미스는 달의 신이다. 우리나라 전래 동화 속 '해와 달이 된 오누이'와 비슷한 느낌의 신화와 겹쳐 신기한 느낌이 들기도 한다.

아폴론은 피톤을 죽이고 예언의 신이 되었다. 델포이에 자신의 신전을 세우고 피톤의 아내인 피티아를 제우스가 사람으로 만들어 줘 신녀로 삼았다.

사람들은 미래가 궁금할 때마다 아폴론 신전으로 가서 피티아를 통해서 아폴론의 신탁을 받았다.

왜 사람들은 여러 신 중에서 아폴론을 미래를 보는 신이라고 생각했을까? 아마도 아폴론이 태양을 관장하는 신이기 때문일 것이다. 태양은 온 세상을 밝히며 어둠을 몰아낸다. 어두운 것을 드러내는 그 강력한 힘은 깜깜한 미래를 밝게 보여 주는 힘처럼 보인다.

깜깜함은 인간을 두렵게 한다. 모른다는 사실은 참으로 강력한 두려움이다. 그래서 인간은 어둠을 밝히기 위해 전구를 발명해 냈고, 이야기를 만들어 내서라도 자연의 변화와 인간사에 나타나는 여러 현상을 이해하고자 애를 썼다. 결국 이 모든 것은 두려움을 몰아내는 데에 도움이 되었다.

아는 것은 힘이다. 알면 더 이상 두렵지 않을 수 있다. 관조할 수 있다. 넉넉해질 수 있다.

그런데 내가 가르치는 학생들에게 정말로 너희들이 아폴론의 신탁을 받을 수 있고, 피티아에게 물어서 너희의 미래를 알 수 있다면 알기를 원하느냐 모르기를 원하느냐, 하고 물었더니 참 이상하게도 대부분의 아이들이 알고 싶지 않다고 말했다.

내가 언제 죽을지, 누구와 결혼을 할지, 어떤 직업을 가지고 살지 등등. 그 모든 답을 가지고 산다면 인생은 재미없을 것 같다는 것이다. 그것을 이루기 위해 노력도 하지 않을 것 같다고 한다. 좋은 미래라면 어차피 이루어질 건데 뭐, 하는 생각으로 노력하지 않을 것 같고, 안 좋은 미래라면 어차피 안 될 건데 뭐, 하며 노력하지 않을 것 같다고 한다. 이토록 슬기로울 수가!

아이들의 그런 말을 들으며, '모르는 게 약이다'는 말이 맞는지도 모르겠다는 생각이 들었다. 우리는 끊임없이 미래가 불안하고, 내가 뭘 하고 먹고살아야 하나, 이대로 가도 괜찮을까, 끊임없는 두려움 속에서 살아가지만 그러기에 도전할 수 있고, 그러기에 기대가 되는 것도 사실이다.

이미 정답을 알고 문제를 풀면 우리의 모든 호기심은 사라질 것이고, 재미없을 것이다. 한 번쯤 정답을 알고 문제를 풀어 100점을 맞는 것은 좋기도 하겠지만, 매번 그런 시험을 친다면 시험에 대한 성취도는 확연하게 떨어질 것이다.

그럼에도 불구하고, 우리는 미래가 궁금하다. 불안한 마음에 자꾸만 조급함이 나의 마음을 옥죄기 때문이다. 불안한 마음을 일으키는 실체는 사실상 끊이지 않는 욕망이다. 성공하고 싶다는 욕망이든, 가지고 싶은 욕망이든, 사랑에 대한 욕망이든, 욕망에도 '모데라토 칸타빌레'가 필요하다.

마르그리트 뒤라스의 소설 『모데라토 칸타빌레』는 욕망에 대한 속도 조절을 잘 말해 주고 있다. 이 작품에서는 소나티네가 배경 음악을 이루고 있으며, '모데라토 칸타빌레'는 그 연주 방법의 지시이다. 이야기의 전반에 깔린 이것은 마치 이 주인공들을 향해 주문(呪文)의 목소리처럼 들린다. '보통 빠르기로 노래하듯이!'

라코트 제철무역회사 사장의 아내인 안 데바레드 부인은 부르주아 사회의 생활에 염증을 느낀다. 아들을 키우며 무료하게 지내던 그녀는 어느 날부터 일주일에 한 번, 금요일마다 도시 반대편의 공장 지대에 있는 지로 선생님의 피아노 교습소로 아들을 데리고 간다. 피아노를 가르치러.

그러나 아들은 지독히도 피아노를 치기 싫어한다. 이것을 왜 쳐야 하는지 모르겠다며 선생님과 엄마의 속을 뒤집어 놓는다. 모데라토 칸타빌레, 그것이 그리도 되지 않는 아들이다.

어느 날, 피아노를 치고 돌아오는 길, 살인 사건이 발생한다. 한 남자가 죽은 여자 위로 몸을 기울인 채 죽어 있는 장면을 목격한다. 사내가 여인의 뜻에 따라 그녀를 살해하고 자신도 피투성이가 된 채 죽은 여인을 애무하는 그 모습을 보고 데바레드 부인의 내부에 억눌린 욕망이 불타오르기 시작한다.

아들의 피아노 교습이 끝나면 근처 카페에서 포도주를 마시는 게 유일한 낙으로 보이는 안 데바레드 부인은 그곳에서 낯선 남자, 라코트 제철소에서 일하던 쇼뱅을 만난다. 몇 번의 만남뿐이었는데 둘은 서로에게 빠져든다. 둘은 살인 사건의 남녀가 어떻게 하여 저런 죽음을 맞이했나를 끊임없이 이야기한다. 마치 그들이 자신들이 모습이 되기라도 한 양.

어쩌면 귀부인에게 금지 구역이었을지 모를 카페에서 낯선 남자와 술을 마시는 광경을 제철소 노동자들과 카페 주인은 탐탁지 않은 시선으로 바라보기 시작한다. 그럼에도 불구하고, 그녀는 점점 더 라메르가의 적막한 자신의 저택보다 그곳에서 평온함을 느낀다.

"목련꽃의 타는 향이 바람을 타고 날아와 홀로 핀 한 송이 꽃향기만큼이나 그를 사로잡고 견딜 수 없도록 괴롭힌다.", "파도처럼 밀려왔다 밀려가는 바람은 도시의 장애물에 부디졌다 다시 불어 가고, 꽃향기는 그 사내를 사로잡았다 놓아주기를 반복한다." 그녀는 두려웠다. 그리고 아들을 사랑했다.

"다들 우리가 와 있는 여기쯤에서 그만둘 겁니다." 그리곤 끝났다. "가슴 사이에 꽂은 목련꽃은 완전히 시들어 버렸다. 한 시간 만에 한 여름을 겪어 낸 것이다." 가슴에 목련꽃을 꽂고 그녀의 주변을 서성이다 돌아가는 그의 뒷모습을 보면서, 그녀는 다시 지리멸렬한 부르주아의 사회 속으로 들어오며 이야기는 밋밋하게 끝난다.

"당신이 죽었으면 좋겠습니다." 쇼뱅의 말에 "그대로 되었어요." 오로지 그들의 사랑의 광기는 언어 속에서만 이루어진다. 그들이 목격한 살인 사건의 현장이 아닌.

"아이는 피아노를 쳤다. 그 애는 조금 전과 같은 리듬으로 피아노를 쳐 나가다가, 레슨이 끝날 시간이 다가오자 배운 대로 소나티네의 음색에 변화를 주었다. 바로 '모데라토 칸타빌레'였다."

드디어 소나티네의 변주를 해낸 아들. 그토록 할 수 없어 하던 아이도 그것을 해내고야 말았다.

산을 오를 때 정상을 알려 주는 표지판 같은, 힘이 솟는 말, 피티아의 말 같이 내 인생이 예측되는 말을 우리는 종종 듣곤 한다. 그 말이 어떤 말이든 하나는 분명하다.

크레센도, 점점 크게. 데크레센도, 점점 작게. 지금 내가 가장 힘든 지점에, 가장 낮은 지점에 있다면 크레센도처럼 점점 크게 될 것이고, 지금 내가 가장 높은 곳에 있다면 앞으로 내려갈 일만 남았을 것이다. 이제 데크레센도인 것이다. 내려갈 준비를 해야 하는 것이다.

지금 내가 가장 낮은 지점인 것이 좋은지, 앞으로 가장 낮은 지점으로 가는 것이 좋은지, 어떤 지점이 가장 마음에 드는 지점일까?

인생이란, 누구의 인생이라도 질량 보존의 법칙이 적용된다. 잘나가던 사람도, 누구에게나 인기가 있고 인정받던 사람도 레임덕은 찾아오기 마련이다. 뜨거웠던 사랑도 언젠가는 소멸하고, 설레던 것도 일상이 되면 무료해진다.

산을 올라 꼭대기가 아무리 좋을지라도 계속해서 그 꼭대기에 머무를 수 없듯이, 정상에서 보이는 바다의 반짝이는 윤슬이 나를 사로잡을지라도 우리는 내려와야만 한다.

지금 나의 삶이 피아노(P, 여리게)라면, 혹은 피아니시모(PP, 매우 여리게)라면, 그래서 숨죽여 살아가야 한다면 인생에 크레센도를 그려 넣어라. 점점 커질 일만 남았다. 반면, 지금 나의 삶이 포르테(f)라면, 큰 소리 뻥뻥 치고 살고 있다면, 데크레센도를 그려 넣어라. 나를 겸손하게 만들어 내려가더라도 내려가지 않은 대우를 받으며 살게 될 것이다.

모데라토 칸타빌레!

너무 빠르지도, 너무 느리지도 않은 보통 빠르기로 즐거이 노래 부르듯이, 속도를 조절하며 지금 내게 주어진 인생에 맞는 변주를 하며 주어진 그 지점에서 최선을 다하는 삶이 가장 바람직해 보인다. 아모르 파티!

한 발 더 나아가는 시간

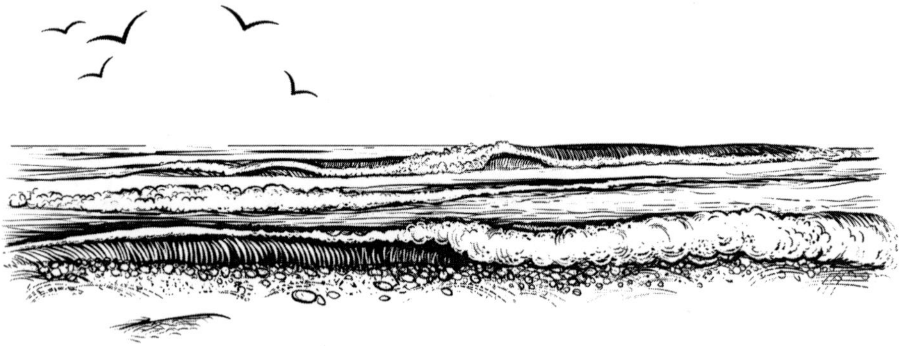

1. 용기가 필요할 때

한 번쯤은 야성의 부름대로

그리스·로마 신화 속에 미궁에 갇힌 다이달로스와 이카로스 부자(父子)의 탈출 이야기가 나온다. 무엇이든 잘 만드는 다이달로스는 미궁을 탈출할 방법이 날아가는 수밖에 없는 것을 알고 새털을 주워 밀랍으로 붙여서 날개를 만든다. 그리고는 아들 이카로스에게 단단히 이른다.

“너무 높게 날면 태양이 밀랍을 녹여 버릴 거야. 너무 낮게 날면 바다가 날개를 적셔 버릴 거야. 그러니 태양과 파도 사이를 날아가.”

이 세상에는 온통 이와 같은 아버지의 법들로 가득하다. 아버지의 사랑과 자식을 걱정하는 마음들이 온 세상 구석구석을 지배한다. 80이 된 할머니가 60이 된 아들에게 하는 말이 차를 조심하라는 것이고, 세 살 된 아이에게 이십 대 엄마가 하는 말도 차를 조심하라는 것이다.

그 사랑은 때때로 갑갑하고 지루함을 만들어 내어 일탈을 꿈꾸게 된다.

“나는 더 높이 올라가 보고 싶어!”

이카로스는 아버지의 당부에도 불구하고 더 높이 날고 싶어 한다. 우리는 때때로 위험을 감수하고서라도 하고 싶은 것이 있다. 인간의 내면에는 모든 금기를 깨고 싶은 욕망이 꿈틀거린다. 마음대로 하던 아기 시절을 깨고 아버지의 법을 받아들이며 사회화되어 가는 인간. 우리는 그런 인간을 어른이라 부른다.

아이는 어른이 되고 싶다지만 아이러니하게도 어른이 되고 나면 다시 아이가 되고 싶어진다. 숱하게 요구되는 아버지의 법을 깨고 싶고, 죽더라도 한번 해 보고 싶은 무언가가 나를 가만두지 않는다.

“나는 먼지가 되느니 차라리 재가 되리라. 내 생명의 불꽃이

메마른 부패로 꺼지게 하느니 찬란한 빛으로 타오르게 하리라. 죽은 듯이 영구히 사는 별이 되느니 내 모든 원자가 밝게 타오르는 화려한 유성이 되리라."

"나는 삶을 낭비하면서까지 내 삶을 연장하려 하지 않을 것이다. 나는 내게 주어진 시간을 활용할 것이다"

– 잭 런던, 『야성의 부름』

잭 런던의 외침은 이카로스의 외침과 겹친다. 모든 금지된 것을 욕망하는 그것, 우리의 내면에는 태곳적부터 내려오는 그러한 부름이 있다.

잭 런던의 소설 『야성의 부름』은 개의 이야기지만, 개만의 이야기는 아니게 다가온다.

따뜻한 남부의 산타클라라 계곡, 밀러 판사의 대저택에서 태어나 웬만한 인간보다 귀족적인 삶을 살던 벅. 그런 벅의 삶은 한순간에 바뀌어 버린다. 1897년 골드러시의 바람이 불면서 금을 찾아 모여드는 북극에선 엄청난 수의 개들이 필요했다. 정원사의 조수 마누엘은 도박 빚을 갚기 위해 벅을 몰래 팔아 버린다. 졸지에 추운 북극으로 가서 갖은 고생을 당하게 되는 벅.

그런데 아이러니하게도 벅은 그곳에서 진정한 삶을 살게 된다.

"방랑의 도약에 대한 오랜 그리움은 관습의 사슬에 마모되지만 다시 한번 그 겨울잠으로부터 야성의 혈통이 깨어난다."

이 소설의 첫 문장이다. 벅은 대저택에서 말썽이나 일으키며, 주인의 귀여움을 받으며 사는 삶이 최고의 삶이라, 당연한 삶이라 여기며 살았다. 어쩌면 가끔씩 늑대의 본성이 드러나 이게 무엇인가, 하는 원천을 알지 못하는 그리움이 솟아났을지도 모른다. 그러나 그것의 실체를 알 수 없었다.

자신의 의도는 아니었지만 야생으로 내던져진 벅은 드디어 팔딱이는 생과 마주하게 되고, 죽음의 고통을 경험하면서 자신의 본모습을 찾아간다.

벅은 세상에 던져졌다. 어느 날 갑자기. 그리고 그곳에 적응했고, 살아남았고, 대장이 되었다. 그에게 있었던 우아함과 문명화를 벗어버리고, 오로지 그에게 주어진 그 시간, 그 장소, 그 현실에 충실했다.

앞서 말한 미궁과 관련된 또 한 사람이 있다. 바로 테세우스. 미궁의 한가운데에는 미노타우로스라는 반인반우의 괴물이 산다. 이 괴물은 아테네에서 제물로 바친 처녀, 총각을 먹어 치우는 게 문제다. 아테네 입장에서 정말 달갑지 않은 괴물이었음은 뻔한 일. 이 문제를 해결하기 위해 앞장선 이가 바로 테세우스다.

테세우스는 자신이 제물을 자청하며 미궁으로 들어간다. 그 모습을 본 크레타의 공주 아리아드네는 테세우스에게 반해 버린다. 그래서 그에게 실타래를 주어 그가 미노타우로스를 죽인 후 무사히 미궁을 빠져나올 수 있도록 도와준다.

현실에서 미궁은 어디일까? 우리가 살아가는 이 세상일 것이다. 혹은 문제 상황, 어려운 환경일 것이다. 미노타우로스는 우리가 살아가면서 만나는 무수한 고난, 시련, 문제들, 절대로 이길 수 없을 것 같은 무언가라 할 수 있다. 내가 원하든 원하지 않든 우리는 이 문제들을 만날 수밖에 없는 운명이다. 인간으로 태어난 이상, 그건 바꿀 수 없다.

그러나 다행스러운 것은 우리가 테세우스처럼 미궁으로 당당히 걸어 들어가 보는 용기를 낸다면 나에게도 아리아드네는 있다는 사실이다. 바로 조력자 말이다. 더불어 나를 그 문제에서 끌어내어 줄 실타래, 즉 지혜나 해결책이 주어진다는 사실이다.

"그의 인생이 언제 단 한 번이라도 위험하지 않았던 적이 있었던가. 운명은 늘 가혹하게도 굶어 죽는 것과 교수대에 오르는 것, 둘 중에 하나를 선택하라고 강요했다."고 레오페루트는 『스웨덴 기사』에서 말했다.

우리의 인생은 이런 면이 있다. 이런 순간들이 있다. 벅에게 주어진 가혹한 운명처럼. 테세우스에게 주어진 과업처럼. 무겁고, 버겁고, 괴로운 짐들.

> "운명은 지랄맞다. 운명은 지독하다. 운명은 힘이 세다. 운명은 딜레마에 빠뜨리기도 하고, 아무것도 할 수 없는 궁지로 처넣기도 하며, 끝끝내 우리의 기교 따위 가볍게 무시해 버

리기도 한다. 운명은 나를 벼랑 끝으로 내몰아 나에게 공을 내맡겨 버린다. 운명은 결국 선택하는 것이다."

– <응답하라 1994> 중에서

우리는 선택할 수 있다. 어떠한 순간에도 선택할 수 있다. 기꺼이 미궁으로 들어가 문제와 직면해야만 한다. 우아하고 고상한 아름다운 저택을 떠나 야생으로 뚜벅뚜벅 걸어갈 수 있는 용기를 내어 봄은 어떨까?

내 생애 한 번쯤은, 아버지의 법을 뒤로 밀어 두고, 사이로만, 안전지대로만 걷는 것에서 벗어나 한번 질러 보는 용기가 필요하다. 내 생애 가장 큰 문제와 한번 싸워 보는 용기, 바로 그것.

관습과 문명의 잘 가꿔지고 길들여진 것을 떠나 야생의 날것을 한번 집어 먹어 보는 용기가 우리의 인생 어딘가에 있다면, 넓고 평탄한 길만을 선택한 이들보다 어쩌면, 내 삶의 끝에서 '삶을 살았다, 힘들었지만 아름다웠다.' 말할 수 있을 것 같다. '그것만은 해 볼걸' 하며 후회 없는 삶을 사는 것. 그것이 젊음의 빈 장을 무엇으로 채워야 하는지 답을 알려 준다.

2. 부러움이 내 간을 녹일 때

도망쳐라, 들끓는 욕망에서

"엄마! 내가 크면 백화점 1층에서 쇼핑 끝내게 해 줄게."

중학생 아이가 엄마에게 하는 말을 듣고, 나는 바로 그 말을 이해하지 못했다. 나중에 알고 보니 그 말이 값비싼 브랜드가 백화점 1층에 밀집되어 있으니 돈 많이 벌어 명품 쇼핑을 해 주겠다는 말이었다.

대개의 아이들은 초등학생 때 별로 브랜드에 관심이 없다가도 사춘기가 되면 브랜드를 선호하는 모습을 보인다. 값나가는 운동화나 점퍼를 입으면 내가 뭔가 달라지는 느낌, 다른 사람과 레벨이 다른 그런 느낌이 든다.

장 보드리야르는 사람은 필요해서가 아닌 다르게 보이기 위해서 돈을 쓴다고 했다. 욕구는 개인적이고 자발적인 것으로는 설명할 수 없으며, 오히려 타인과의 관계성, 즉 사회적인 것으로 설명하고 있다. 다시 말해 소비를 한다는 것은 '나는 당신과 다르다'는 메시지를 주기 위함이다. 이것을 그는 '차이적 소비'라고 일컫는다.

중학교 시절, 별명이 '브렌따노'인 아이가 있었다. 한창 누구는 무슨 브랜드를 입었네, 저 브랜드는 얼마네, 하며 서로서로 브랜드에 관심이 많았던 우리들이었다. 유독 브랜드를 사랑해서 브랜드마다 가격 순위를 역사 이론 외우듯 줄줄 꿰고 있는 아이가 있었다. 그 아이가 처음이 친구에게 브렌따노라는 별명을 붙여 주어 많은 아이들이 이 아이를 브렌따노라고 놀렸다.

브렌따노는 당시 저가 브랜드로 청바지, 티셔츠, 난방 등의 재질이 나쁘지 않으면서도 저렴하게 팔아 학생들이 많이 입었다. 나 또한 꽤 많이 샀던 걸로 기억된다.

그런데 그 친구는 유독 브렌따노를 선호해서 모든 옷들이 브렌따노 아니면 노브랜드였다. 흔히 말하는 시장제! 대개는 브렌따노를 속에 받쳐 입고 겉에는 좀 더 비싼 브랜드의 옷을 입어 브렌따노를 살짝 숨겼는데, 그 아이는 버젓이, 마치 아버지가 브렌따노 사장이라도 된 것처럼 자랑 삼아 입고 다녔다. 친구들이 놀리면 씨익 웃으며 '이 옷이 어디가 어때서! 싸고, 편하고, 나한테는 딱이다!' 하고 말했다.

그 아이의 그런 당당함이 어린 나이에도 참 멋지다는 생각을 했었다. 이 브랜드, 저 브랜드, 한 번도 보지 못한 것들을 사 와서 자랑하는 아이들 틈새에서 나는 한없이 작아졌었다. 운동화 하나로, 청바지 하나로 친구의 계급이 나뉘었다. 그런데 그 아이만큼은 당당하게 어떤 무리에도 속하지 않으면서도 어떤 무리에나 속하는 그런 아이였다.

그러한 마음이 나에게만 전해진 것은 아니었는지, 그 아이는 1학년

때부터 줄곧 반장으로 뽑히다가 3학년 때는 반장으로 뽑혔는데 다시 전교 회장으로도 뽑혀서 반장직은 내려놓는 누구도 따라갈 수 없는 인기남이 되었다. 후배들이 전교 회장의 브렌따노 스타일을 따라 하여, 마치 브렌따노가 유명 브랜드인 것처럼 느껴지기까지 하였다.

백화점 1층에서 쇼핑을 끝나게 해 주겠다는 아이. 학생에겐 너무 비싼 운동화를 그냥 받기 미안해서 엄마에게 고마움을 그렇게 표현하는 마음 착한 아이. 효도하겠다는 아이의 마음은 알아차리겠지만 어쩐지 마음 한구석 쓸쓸함이 쉬이 가시지 않았다. 어른들의 부정적 소비문화가 아이들에게 자연스럽게 흘러간 듯하여.

그리곤 그 옛날 브렌따노 친구가 생각난 것이다.

고대 그리스에는 '미친 소크라테스'라 불린 거리의 철학자, 진짜 '개' 같은 철학자 디오게네스가 이었다.

디오게네스는 키니코스('떠돌이 개'라는 뜻)학파인 안티스테네스의 제자이다. '개 같은 선비'라는 뜻으로 견유(犬儒)학파라고도 한다. 안티스테네스는 길에서 자면서 커다란 망토를 두 겹으로 두르고 다닌 최초의 사람이라고 전해진다. 스승인 소크라테스의 검소함을 넘어서 속박 없는 자유로움을 이상으로 삼고 사는 삶을 몸소 보여 주었다.

디오게네스도 만만치 않았다. 그는 낡은 망토 한 벌과 빵, 물을 담는 그릇을 하나씩 들고 다니며 술통 안에 들어가 잠을 자는 생활을 했다. 나중에는 그마저도 가진 게 너무 많다며 버렸다. 그는 최고의 선을 '자유'라고 생각했다. 결국 그는 인간의 무한한 욕망으로부터 자유롭고 싶었던 것 같다.

너무도 특이한 그의 삶을 보면 우리와는 다른 인간처럼 느껴지지만, 또 한편으로는 우리와 같은 욕망을 가지고 있기 때문에 그런 삶을 살았다는 생각이 든다. 욕망이 주는 고통, 거기에서 벗어나 자유로운 삶을 살기 위한 철학적 성찰을 과격한 모습으로 보여 준 것이 아닐까!

디오게네스의 일화로 가장 유명한 이야기는 바로 알렉산드로스와의 만남일 것이다. 고르디아스의 매듭 이야기로도 유명한 알렉산드로스는 아무래도 꽤 호기심이 많은 인물이었던 것 같다.

거리의 미친개 철학자를 굳이 대왕이 만나러 갈 필요가 없을 것 같은데 고르디아스의 매듭을 풀러 굳이 갔던 것처럼(어쩌면 너무 쉬운 방법이라 여겼을지도!) 그는 이번에는 디오게네스를 만나러 갔다. 그 몰골이 너무 처참하니 왕은 은덕을 베풀어 주고 싶었는지 소원을 말해 보라고 했다. 그런데 뜨악할 만한 그의 말.

"내 햇빛을 가리지 마시오."

"……."

어마어마한 대왕 알렉산드로스. 그런 그가 디오게네스의 간소하고 담담한 소원을 듣고 어떠한 표정을 지었을지, 상상만 해도 재미나다.

그럼에도 불구하고, 자유로운 삶도 좋지만 이렇게 살 수는 없을 것 같다는 생각이 든다. 그렇다면 왜 이들이 그토록 극단적인 삶의 모습을 선택했는지 근본 의도를 파악하고 그것을 가져와 내 삶에 적용해 보면 좋겠다.

결국은 행복이 아니겠는가! 인간은 행복하기 위해 사는 것이고, 행복이 최고의 선이다. (무엇이 행복이냐는 전제는 다르겠지만!)

디오게네스보다 60년쯤 뒤에 태어난 에피쿠로스도 비슷한 경향을 보인다. 그는 자신의 집 정원에 학교를 세워 노예, 여자, 외국인도 입학할 수 있게 하며 공동체 생활을 했다. 에피쿠로스학파가 추구하는 최고의 선은 바로 육체적인 고통에서 벗어나 정신적인 불안과 혼란에서 벗어난 마음의 평정 상태인 '아타락시아'를 가지는 것이다.

그러기 위해서 고통의 원인을 먼저 알아야 할 것이다. '필요한 욕구'와 '필요하지 않은 욕구'를 구별하는 것이다. 먹고, 마시고, 잠자고, 추울 때는 몸을 감싸는 이런 것은 육체를 죽음에 이르지 않기 위한 최소한의 필요다. 그는 실제로 공동생활을 하면서 똑같이 먹고, 똑같이 생활하였다. 최소한의 음식만을 섭취하면서도 함께 있는 사람들과 정신적인 교감을 나누며 행복하게 살았다. 욕구를 최소화하자, 행복은 강화되는 모습을 보인다.

사실 우리의 소비에 있어서 실제로 내가 먹고 싶어 먹고, 갖고 싶어 갖는 것보다는 남이 먹으니까, 남이 가지니까 더 갈구하게 되는 경우가 많다. SNS를 많이 하면 행복 지수가 오히려 떨어지는 것도 남의 떡이 더 커 보이기 때문일 것이다.

그런데 정원학교에서는 모두가 똑같이 하루 빵 하나, 물 한잔을 먹었다. 부러움의 대상이 없으니 아주 작은 것만 주어져도 신도 부럽지 않다고 말하는 그의 고백이 일리가 있어 보인다. 생존을 위해 필요한 욕망 외에 그 이상의 욕망은 우리에게 오히려 괴로움을 더할 수 있다는 사실을 알 수 있게 된다.

"쾌락은 악이 아니다. 하지만 쾌락이 즐거움보다 불편을 초래한다면 그것에 도달하기 위한 수단은 악일 수 있다."

아주 낮은 수준의 욕망은 오히려 욕망의 파도가 쉴 새 없이 넘실대는 세상이 주는 고통을 덜어 줄 수 있다. 그래서 많은 철학자들이 은둔자의 삶을 선택하였다. 견유학파가 그랬고, 에피쿠로스학파도 그랬다. 요즘같이 넘쳐나는 정보의 바다 속에서 우리는 아타락시아(마음의 평정)를 유지하기 매우 힘들다. 정보는 좋은 것이지만 내 안에 그것을 분별하고, 걸러 내고, 통제할 능력이 없으면 오히려 악이 된다. 스스로 그 정보의 바다에서 도망쳐야 한다.

지금 육체의 욕망이 주는 고통으로 괴롭다면, 그래서 타인이 지옥이라면, 스스로 은둔자가 되어 금욕적인 삶을 얼마간 살아 보는 것도 좋으리라 생각된다. 세상은 그런 우리에게 미쳤다고 할지도 모른다.

쉬지 않고 일해야만 이 경쟁 속에서 살아남을 수 있다. 뛰는 자 위에 나는 자 있다며 세상은 경쟁을 부추기고 더 노력할 것을 끊임없이 요구한다.

그러나 인생 어디쯤, 어느 시기쯤 세상의 그런 요구에 반하여 도망치는 삶을 살아보는 것도 나쁘지 않다. 도망자의 삶 속에서 다시 돌아올 수 있는 힘을 얻게 될 것이다.

에피쿠로스학파가 당시 이집트까지도 소문이 날 정도로 인기가 대단했던 것은 아마도 그때나 지금이나 인간의 욕망이 낳는 고통은 똑같기 때문인 것 같다.

현대를 살아가는 우리가 고대의 그들에게 배울 점은 '욕망을 없애라'가 아닌, '낮은 욕망'이 마음의 평정을 줄 수 있다는 것이다. 우리는 수시로 우리의 욕망을 조절해 나갈 필요가 있다. 누군가는 나에게 미쳤다고 할지라도!

3. 갈등을 만났을 때

멈추어 다시 생각해 봐

高低隨地勢(고저수지세)

높고 낮은 건 지면의 형세에 따라서이고

早晩自天時(조만자천시)

이르고 늦은 건 하늘의 때로부터이네

人言何足恤(인언하족휼)

사람들의 말 어찌 근심할 만하겠는가?

明月本無私(명월본무사)

밝은 달은 본래부터 사적인 것이 없는데

조선 중종 때 문인 김인후가 어린 시절 정월대보름의 달을 보고 쓴 한시 「상원석(上元夕)」이다. (조선 시대에는 정월대보름을 상원절이라 일컫기도 했다고 한다.)

원주용 교수는 『조선시대 한시 읽기』에서 이 시를 이렇게 풀이하고 있다. 달이 높고 낮은 것은 그 달을 보는 사람이 있는 장소가 높은가

낮은가에 따라 높게도 보이고 낮게도 보인다. 또한 달이 일찍 뜨건 늦게 뜨건 그것은 모두 하늘의 운행에 의해 결정되는 것이다. 그러니 사람들이 "왜 높이 뜨지 않지?", "왜 낮게 뜨지?", "왜 일찍 뜨지 않지?", "왜 늦게 뜨지?"라고 자신들의 상황에 맞추어서 하는 욕심 섞인 말에 대해 근심할 것이 없다. 왜냐하면 밝은 달은 본래 사적인 것이 없이 누구에게나 똑같기 때문이다.

밤하늘의 달을 보면 그런 생각이 들기도 한다. 인생이 삶 속에서 겪는 모든 갈등과 근심이 한낱 아무것도 아니게 느껴지는 그런 감정 말이다.

우리가 살아가면서 겪는 갈등은 대부분 사람과 사람 사이에서 오는 것이다. 갈등이란 말의 어원을 살펴보면 그것이 확연히 드러난다.

갈등(葛藤)은 칡덩굴과 등나무 덩굴처럼 일이 엉망으로 뒤엉켜서 풀기 어려운 상태를 가리켜 쓰는 말이다. 칡은 덩굴지면서 다른 나무를 감아 올라간다. 다른 나무의 가지를 감고 올라간 덩굴줄기를 보면 정말이지 너무 복잡하게 뒤엉켜 있어서 풀래야 풀 수가 없다. 덩굴줄기는 10m가 넘게 뻗어 나가 다른 식물을 타고 올라 완전히 덮어 버린다. 등나무도 칡과 마찬가지로 장미목 콩과에 속한 식물이다. 줄기를 길게 뻗어 가지를 치면서 다른 물체를 타고 감아 올라가는데, 줄기가 비비 꼬여서 엉키게 된다.

인생을 살다 보면 뜻하지 않게 이런 갈등 관계에 놓이게 된다. 하지만 갈등이란 잘 겪으면 오히려 나의 껍질을 깨고 나오는 계기가 된다. 나의 상처나 나의 어리석음이나 그동안 객관화하지 못한 철저히 주관적인 나와 맞닥뜨리는 기회가 되기도 한다. 그러나 그 갈등 상황을 잘 넘기지 못하면 관계는 파국을 맞게 되고 결국 끊어져 상처의 못 자국으로 남는다.

노아 바움벡의 영화 <Mistress America>에도 갈등 상황을 맞이한 두 여인이 나온다. 만남이란 때로 필연적으로, 때로 우연히 일어난다. 이 영화에서 '만나지는' 사람들을 보면 참 재미있다. 인생을 살면서 단 한 번 만날 수 있을까, 하는 사람들이 만나 서로의 인생에 영향을 주고받게 되기 때문이다. 그러나 생각해 보면 우리의 만남도 그닥 다르지 않다. 부모 자식 간처럼 떼려야 뗄 수 없는 사이도 있지만 어떻게 이런 우연이 만남을 만들 수 있을까 싶은 만남이 훨씬 더 많은 게 우리의 삶이다.

브룩의 아빠와 트레이시의 엄마는 재혼을 하기로 하였다. 한 것도 아니고 하기로 예정된 그런 애매모호한 가족 예정 관계로 둘은 만난다. 인간관계에 있어서 소극적인 편인 트레이시는 엄마가 시키는 대로 예비 언니 브룩에게 전화를 건다. 너무도 쾌활하게 저녁을 먹자고 말하는 브룩. 트레이시는 외로운 뉴욕의 대학 생활 때문인지 저녁을 이미 먹었음에도 흔쾌히 브룩에게 간다.

문학도를 꿈꾸며 시골에서 맨해튼으로 온 트레이시. 생각과 다르게 쉽지 않은 인간관계나 글쓰기 과정에서 좌절을 맛고 있는 트레이시다. 그러나 그녀는 사람에 대한 성찰이 있고, 관찰력과 통찰력이 좋은 사람이다. 새로운 것에 도전하는 모험심은 약할 수 있지만 하나의 목표를 정하면 끝까지 가 보는 당찬 면이 있다. 겉은 약하나 속은 강한 그런 모습을 영화가 진행되면서 더욱 느끼게 한다.

반면 브룩은 처음 보았을 때는 대단히 매력적인 인물이다. 마치 데미안 같은 느낌을 살짝 주기도 했다. 예쁘고, 쾌활하고, 말 잘하고, 다재다능하며 누구에게나 인기가 많은 그런 사람. 어디 가나 주목받지만 자기가 왜 주목받는지 모르는, 남에게 관심 없는 듯한 그런 넉넉한 모습. 스피닝 강사, 밴드 싱어, 고등학교 2학년생의 가정 교사, 거기에 만족하지 못하고 레스토랑 사장을 꿈꾸며 여러 개의 가면을 쓰고, 쉼 없이 뛰어다니는 현대인의 모습을 하고 있다.

그녀는 영화 속 대사처럼 "모든 것을 했지만 모든 것을 하지 않았다". 자기는 독학자라고 하며 대학을 나오지 않았어도 자신의 삶을 자신만의 철학으로 열심히 기경하고 있는 것 같아 보이나 속은 텅 빈 듯한 느낌이다. 엄마의 죽음에 대해 아무렇지 않은 듯 툭 던지듯 말하지만 사실은 그것에 묶여 있는 모습이다.

이렇게 화려한 모습을 한 그녀, 수시로 동생 트레이시에게 이런저런 충고를 하는 브룩이지만 사실은 트레이시로 인해 자극을 받으며, 용기를 얻는 브룩의 인간적인 모습을 발견하게 된다. 원하는 것은 너무 많으나 할 수 있는 것은 점점 더 줄어드는 서른의 브룩. 그런 그녀가 트레이시를 만나 드디어 자신의 본 모습을 보게 된다. 그 모습을 맞닥뜨렸을 때는 너무나 불쾌하고, 인정할 수 없어 동생이고 뭐고 필요 없이 트레이시를 몰아세우고 만다.

그 갈등의 고리는 작다면 작은 것이었다. 그냥 재미있는 에피소드였다, 하고 넘어갈 수도 있는 그런 일. 그 일은 트레이시가 쓴 글의 주인공이 바로 브룩이었다는 것이었다. 글이 잘 써지지 않았던 트레이시는 브룩을 만나 드디어 글을 쓰게 되었다. 바로 특이한 삶을 살고 있는 브룩의 이야기.

아무런 사전 동의 없이 소설의 주인공으로 자신의 이야기를 썼다는 것은 표면적 이유일 뿐이다. 사실, 브룩은 트레이시의 글에서 비로소 자신을 본 것이다. 만족스럽지 않은 자신, 그동안 극구 부인하고 싶었던 자신, 알고 있었지만 인정하고 싶지 않았던 자신 말이다. 그 자신의 모습을 트레이시는 콕 집어 글에 써 놓았다.

인간이란 이토록 연약한 존재가 아닐까! 자신의 진짜 모습을 직면했을 때 아무렇지 않게 '그래 그렇지' 하는 성인군자는 흔치 않다. 누군가 나의 역린을 건드렸을 때 허허허 웃는 노자 같은 사람이 몇이나 되겠는가!

그러나 여전히 멋짐을 간직해 주는 브룩의 모습이다. 그녀의 폭발은 폭발만으로 끝나지 않는다. 그녀는 변하기 시작했다. "X는 뭐든지 될 수 있다." 그래, 그 말처럼 서른이라는 나이에 갇히지 않고 그녀는 껍질을 깨기 시작했다. 남의 돈으로 자신의 꿈을 이루려는 어리석은 꿈에서도 깨어났다. "손발이 있는데 왜 대학을 못 가?"라는 말을 비아냥으로 흘려 버리지 않았다. 아프고 힘들지만 '다시 생각하기'의 힘이다.

마지막 장면, 뉴욕을 떠나려고 짐을 싸는 브룩. 그녀를 다시 찾는 트레이시. 사랑한, 자기가 사랑한 언니를 찜찜한 관계 속에 두지 않고 끝까지 찾아가 "나는 잘못하지 않았다"고 말하는 이 당찬 아이. 그러나 "언니가 없는 뉴욕은 상상할 수 없다"며 자신의 마음을 숨기지 않음으로 관계를 다시 맺어가는 이 따뜻한 아이.

이 둘은 서로가 서로에게 내면의 공간을 채워 주는 그 무언가였다. 그토록 브룩이 만들고 싶었던 레스토랑 'Mom's'. 그 장소는, 또한 엄마에 대한 아픈 기억이 이제 브룩에게 더 이상 절대로 건드리지 못하고 비워 둘 수밖에 없는, 미해결의 문제는 아닐 것이다. 여전히 못 자국은 보이지만 이제는 건드려 봄직한 못 자국, 이제는 다른 것으로 채워진 장소가 됐을 것이다.

사람은 이렇듯 서로가 서로에게 따뜻한 장소가 되기도 한다. "덜 중요한 사람들을 위해 등불이 되는 것은 매우 힘든 일이다."그러나 이 일은 어렵지만 필요한 일이다. 때로 나도 모르는 사이에 죽어 가는 생명을 구하기도 한다.

쉴 틈 없이 하루를 보내고, 또 하루를 보내며 스물이 되고, 서른이 되고, 또 마흔이 되어 나의 인생이 적막하고 숨 막히게 느껴질 때, 내가 이 세상에서 덜 중요하다고 느껴질 때, 그때 'Mom's' 같은 사람 몇

쯤 있다면 좋을 것이다.

그러나 꼭 기억할 것이 있다. 그 'Mom's' 같은 사람은 사실 나의 해석이다. 김인후가 말한 것처럼 달은 그저 그렇게 떠 있을 뿐인데, 그것을 이렇다 저렇다 해석하는 건 다 인간들이 하는 일이다.

세상을 살다 보면 영화 속처럼, 나의 문제를 자기 문제인양 해결해 주려고 덤벼들어 주는 고마운 사람도 만나고, 같이 열내 주는 사람도 만나고, 같이 걸어 주는 사람도 만나고, 따뜻한 위로를 주는 사람도 만난다.

그러나 결국 인간은 나의 집을 스스로 찾아야 한다. 사람들의 조언이나 도움에 너무 연연해하지도 말고, 사람들의 충고나 비아냥에 너무 근심하지도 말고 자기의 길을 묵묵히 걸어가는 태도가 긴 인생길에 필요하지 않을까!

브룩은 뉴욕을 떠난다. 가장 뉴욕 같은 여자 브룩은 뉴욕을 떠나야만 가장 브룩 같은 브룩이 될 수 있다. 남이 결정해 준 브룩의 모습으로 살기를 거부하고, 모든 도움의 손길을 거부하고, 스스로 알을 깨고 세상으로 나간다. 쉽지 않은 결단일 것이다. 그 알을 깨게끔 도와준 트레이시에게 화를 냈지만 사실 브룩은 알고 있었다. 사실은 트레이시에게 화가 난 건 아니란 것을.

우리에게 알은 무엇일까? 아직도 병아리조차 되지 못하게 나를 철저히 가로막고 있는, 혹은 보호하고 있는 그것은 무엇일까? 어떤 이는 착하다는 이미지일 수 있고, 어떤 이는 부모님의 강력한 원조일 수 있다.

과감히 그것을 깨어 버릴 때 나는 나로 더 빨리 성장하게 될 것이다. 다시 생각하기란 내 속에 도사리고 있는, 자신의 견해만이 옳다고 주장하는 전도사, 다른 사람의 견해는 틀렸다고 비판하는 검사, 자기 편에 서지 않는 다른 모든 의견을 묵살하는 편협한 정치인을 몰아내 준다.

충돌은 나쁜 것이 아니다. 그 충돌 속에서 '다시 생각할' 수만 있다면 오히려 한층 예의 바르고 창의적 근육이 개발된다. 갈등이 없는 상태는 조화로움이 아니라 오히려 무관심일 가능성이 크다.

4. 복수하고 싶을 때

내게도 프로크루스테스의 침대 하나쯤 있지

그리스·로마 신화의 대표적 영웅 테세우스는 16세가 되자 아버지 아이게우스를 찾아 길을 떠난다. 아들이 아버지를 찾아 길을 떠나는 이야기는 신화에서 흔히 볼 수 있다. 한편으로는 흔한 듯한 이 이야기에서 테세우스가 만난 이들 중 재미난 에피소드가 꽤 많이 있다. 그중 악당이 행한 동일한 수법으로 여섯 명의 악당을 응징하는 얘기는 흥미롭다.

곤봉으로 사람을 때려죽이는 페리페테스, 소나무 두 그루를 힘으로 굽혀 그사이에 사람을 묶어 놓은 뒤 소나무를 놓아 버리는 방법으로 사람을 죽이는 시니아, 지나가는 사람에게 흉악한 강도질을 일삼는 파이아, 자신의 발을 닦아 달라고 부탁한 뒤 발을 닦아 주면 발로 차서 절벽으로 떨어뜨려 바다거북의 먹이가 되게 하는 스키론, 지나가는 사람과 강제로 레슬링 시합을 한 뒤 목숨을 빼앗는 케르키온, 자신의 침대에 사람을 눕혀 크면 다리와 머리를 잘라 죽이고 작으면 몸을 늘려서 죽이는 프로크루스테스.

이 악당들 중 가장 어처구니없는 악당은 바로 프로크루스테스. 자신의 침대에 비해 키가 크면 잘라 죽이고, 키가 작으면 늘려 죽인다. 자신의 기준에 맞지 않으면 다 죽인다는 뜻이다. 그러면 딱 맞는 사람은? 살려 둘까? 그땐 침대를 조절하여 또 죽인다. 결국 그에게는 어떠한 기준도 없다. 그의 침대는 사람을 죽이기 위한 핑계일 뿐이지 기준이라고 할 수 없다. 어떻게든 나는 너를 죽이고야 말겠다는 구실일 뿐이다.

한동안 타블로의 학위 논란은 오랫동안 이슈가 되었다. 아무리 타블로 측에서 증거를 내놓아도 믿지 않는 이 사태. 타블로의 재력으로 언론과 경찰을 매수하여 타블로에게 유리한 결과를 지속해서 내고 있다고 주장하는 타진요 측. 자신의 생각과 다른 재판 결과는 거짓이고 조작이라고 여기는 이 상황은 그럼 어떻게 해야 하는 걸까?

물론 그럴 수 있다. 많은 드라마와 영화가 그런 상황을 그리고 있다. 현실에서도 이러한 어처구니없는 권력 작용을 목격하기도 한다. 그래서 언론과 검찰이 하는 이야기를 사실 그대로 믿기 어려울 때가 있다. 고스란히 그것을 믿으면 오히려 바보같이 느껴지기도 한다.

데카르트도 말했다. "나는 생각한다. 고로 존재한다." 여기서 '생각'이란 바로 '의심'을 의미한다. 의심하는 것에서 우리의 이성적 사고는 시작되고, 사실은 더욱 명확해진다. 그러나 의심하고 의심해서 얻어진 결과에 대해선 믿어야 한다. '그제서야' 믿는 믿음은 필요하다. '그래도'

믿지 못하는 사태 속에서 우리는 지옥을 살 수밖에 없다.

인지심리학에서 '확증 편향(確證偏向)'이라는 말이 있다. 이 말은 원래 가지고 있는 생각이나 신념을 확인하려는 경향성을 일컫는다. 흔히 "사람은 보고 싶은 것만 본다"라고들 한다. 자신의 프레임을 만들어 놓고, 그 프레임에 부합되는 것만 받아들이는 것이다. 사실상 그 입장에서 보면 틀린 것이 하나도 없다. 정말 그에게는 그것만 보였고, 그것이 사실일 테니.

이것이 바로 프로크루스테스의 침대다. 나만의 프레임, 또한 내가 원하는 대로 바꿀 수 있는 프레임. 나는 선이고 너는 악이 되는. 그래서 너는 죽어 마땅한 존재가 되는 그런 무서운 기준들.

도스토옙스키의 소설 『죄와 벌』에서 라스콜리니코프는 세상과 인간에 대해 적개심과 혐오감을 가진 인물이다. 그는 자신의 생각에 백해무익한 전당포 노파를 살해할 계획을 세우고 실천에 옮긴다. 의도적이진 않았지만 그 과정에서 여동생까지 살해한다.

"빼앗은 돈의 도움을 받아 훗날 전 인류와 공공의 사업을 위해 자신을 헌신하겠다는 결심을 가지고 노파를 죽이고 돈을 빼앗는다면, 너는 어떻게 생각하니?"

라스콜리니코프의 이런 생각은 대단히 위험하다. 살인을 저지르고 노파의 돈을 훔치는 것은 단지 범죄일 뿐이다. 그에게 고리대금업자를 단죄할 의무나 자격은 없다. 또한 그 살인이 나라를 구하는 독립운동도 아니었고, 단지 자신의 학자금을 마련하는 일이다. 그 돈으로 열심히 공부하여 공공의 이익을 추구하겠다는 것이 그의 초심일지 모르나 결국 그는 그 돈을 가치 있게 쓰지도 않는다. 가치 있게 썼다고 한들 결국 그것은 한 개인의 살인이고, 도둑질이다.

아쿠타가와 류노스케의 소설 「라쇼몽」에서도 이런 예를 잘 보여 주고 있다. 시체를 버리는 곳인 라쇼몽에서 벌어지는, 참으로 웃픈 사투 속에서 인간의 심연을 보여 주고 있다.

주인에게 쫓겨나 며칠을 굶은 하인. 어떻게든 살아남아야 했다. 도둑이 되더라도. 그러나 인간으로서 최소한의 양심은 그를 머뭇거리게 했다. 그때 만난 시체의 머리털을 뽑는 노파. 자신을 단죄하는 하인에게 노파는 말한다. 자신이 머리털을 뽑는 이 여자는 뱀을 토막 내 말린 것을 건어라고 속여 팔러 다닌 여자니 이렇게 당해도 싸다고. 하지만 뭐, 이 여자도 그렇게 하지 않았으면 굶어 죽었을 테니 그게 나쁜 짓은 아니라고. 그러니 자신 또한 굶어 죽지 않으려면 이 여자의 머리털로 가발을 만들어 팔 수밖에 없으니 잘못이 없다고.

이 노파의 비정상적 논리에 용기를 얻은 하인은 노파의 옷을 빼앗아 달아난다. 결국 이 노파는 대단히 설득력 높은 자신의 논리로 더 어려운 지경에 처하고 만 것이다.

우리는 신화 속 프로크루스테스라는 악당을 보면서 욕을 한다. 소설 속 라스콜리니코프를 보면서도 욕을 한다. 이 무슨 말도 안 되는 행동이냐, 마치 나에게는 조금의 이런 모습도 없는 듯이.

확증 편향은 정보의 처리 과정에서 일어나는 인지 편향 가운데 하나이다. 사람들은 자신이 원하는 결과를 간절히 바랄 때, 또는 어떤 사건을 접하고 감정이 앞설 때, 그리고 저마다의 뿌리 깊은 신념을 지키고자 할 때 확증 편향을 보인다.

많고 적음은 있겠지만 우리의 모습 속에서도 프로크루스테스의 침대가 있다. '그럴 수밖에 없었다'는 상황 논리. 그 상황 논리는 선을 악으로, 악을 선으로 전복시킨다. 자신에게 유리하게, 자신의 욕망만을 따라가게 만든다.

이는 융통성이나 상대성과는 다른 일면이다. 모든 상황은 다를 수 있고, 다르게 적용해야 하는 부분이 있지만 모든 것을 자신에게 유리하게 해석하고 적용할 때, 그에 따른 피해자가 생긴다면 그것은 '융통성이 있다. 상대적 논리다.'라고 할 수 없다.

삶은 서로 연결되어 있다. 「라쇼몽」에서 이들은 악의 고리로 연결되어 있다. 그러나 달리 생각해 본다면, 하인은 노파 덕분으로, 노파는 여자 시체 덕분으로, 뱀을 팔았던 여자는 속아 준 많은 사람들 덕분으로 먹고사는 것이다. 이 소설에서 그것이 악으로 연결되어 있다는 것이 안타까운 일이지만 이 세상은 무엇으로든 연결되어 있다.

증오나 악, 그보다 더 무서운 것은 단절과 소외일지 모른다. 이 소설의 첫 장면에서 으스스한 라쇼몽에서 혼자 비를 추적추적 맞고 있는 하인의 소외와 고독은 이루 말로 다 할 수 없었을 것이다. 그런데 그는 오히려 범죄를 저지르고서(다시 말하면 악의 고리일지라도 무언가 연결 고리를 만들고서는) 살아갈 힘을 얻었다. 그러나 그것은 지금의 나의 문제를 일시적으로 벗어나게 할 언발에 오줌 누기일 뿐이다.

『맹자(孟子)』「양혜왕 장구 하」 편에 '출이반이(出爾反爾)'라는 말이 있다. '너에게서 비롯된 일은 결국 그 재앙이 너에게로 되돌아간다'는 뜻이다. 내가 악의 고리를 계속 만들면 그 고리는 돌아 돌아 나에게 돌아올 것이다.

테세우스는 악당을 응징할 때 반드시 똑같은 방법으로 응징했다. 그가 늘 하던 방법으로 그들을 죽인 것이다. 재미있는 상상이다. 『맹자』와 신화가 연결되는 느낌이다.

나의 악독함은 내게로 돌아온다. 세상은 착하게 살면 손해 본다고들 하지만, 좀 독하게 살아야 잘 산다고들 하지만, 그래, 뭐, 그것이 경제적으로 잘 사는 것이라면 맞는 말이다. 하지만 그 '잘 산다'는 기준을 달리 본다면, 내 마음속 프로크루스테스의 침대를 하나씩 치울 때 더 행복한 삶을 누릴 것 같다. 편안한 침대에 누워 마음의 감옥에서 산다면 그 삶을 진정 '삶'이라 할 수 있을까!

5. 괴물을 만났을 때

괴물과 싸우려다 괴물이 되지 마라

"*Un diavolo scaccia l'altro*(운 디아볼로 스캇챠 랄트로)"

악마가 악마를 몰아낸다. <빈센조>라는 드라마 속에 나오는 대사이다.

인간은 괴물을 이길 수 없다는, 그런 일은 신화에만 가능한 일이라는 인물과 괴물이 되면 괴물을 막을 수 있다는 인물이 나온다.

사람이 괴물을 이길 수 있을까? 그것은 신화 속에만 일어나는 일일까?

그리스 신화에는 괴물을 죽이는 여러 영웅들이 등장한다.

그리스 신화를 바탕으로 만든 어센던트원과 리니지 게임 캐릭터로 등장하는 메두사. 메두사는 원래 아름다운 머리카락을 가진 여인이었다. 미의 여신 아테나의 미움을 사 그 아름답던 머리카락은 한 올 한 올 뱀으로 변했다. 문제는 그녀를 보는 모든 사람들이 돌로 변해 버리는 것이다. 메두사가 있는 동굴 주변에는 돌덩이들로 넘쳐나게 되었다.

이 괴물을 죽이라는 과업을 받고 페르세우스는 거울을 이용해 메두사를 쳐다보지 않고 그녀의 목을 자른다.

우리가 일상 속에서 자주 쓰는 말 중에 '미궁에 빠지다'라는 말이 있다. 바로 그 미궁에 갇혀 있었던 미노타우로스. 이 괴물은 황소와 미노스의 아내 파시파에 사이에서 태어났다. 그래서 머리는 황소, 몸은 사람의 형상을 가지고 있었다. 화가 난 미노스 왕은 대장장이 다이달로스에게 미궁(도저히 빠져나올 수 없는 감옥)을 만들도록 지시하여 미노타우로스를 여기에 가두었다. 그리고는 아테네에서 인간 공물을 받아 미노타우로스의 먹이로 주었다. 아테네의 입장에서 이 미노타우로스는 반드시 없애야 할 괴물이었다. 그 과업은 테세우스에게 주어졌고, 미노스의 딸 아리아드네의 도움으로 그는 미노타우로스를 죽인다.

테세우스는 프로크루스테스를 비롯하여 여러 괴물들을 죽인다.

또 한 명의 영웅 헤라클레스의 손에 죽은 괴물은 게리온이다. 세 개의 머리와 세 개의 몸통을 가지고 있는 이 괴물은 에리테이아 섬에 살면서 멋진 소 떼를 소유하고 있었다. 거인 에우리티온이 소몰이꾼이고, 머리가 두 개 달린 괴물 개 오르트로스가 도둑을 지키고 있었다. 소 떼를 훔친 헤라클레스의 뒤를 쫓다가 그에게 죽게 된다.

많은 괴물들의 공격을 받았지만 무사히 그 모든 것을 이겨 낸 영웅으로는 오디세우스가 대표적이다. 트로이 전쟁을 승리로 이끌고 고향 이타카로 돌아가던 중 그는 전쟁만큼이나 힘든 여정을 보내게 된다.

외눈박이 괴물 폴리페모스에게 잡혔다가 괴물의 눈을 찌르고 탈출한다. 키르케의 섬에 도착해서는 그녀의 음식을 먹고서 돼지로 변한 부하들을 살리기 위해 키르케와 함께 1년을 살며 텔레고노스라는 아들을 낳기도 한다. 키르케를 떠났지만 노랫소리로 사람을 홀리는 세이렌들이 사는 협곡을 지나야만 했다. 부하들은 밀랍으로 귀를 막고, 오디세우스는 돛대에 자신의 몸을 묶어 무사히 탈출한다. 세이렌에게서 벗어났지만 이번엔 머리 여섯 개 달린 스킬라를 만난다. 스킬라는 오디세우스의 부하들을 잡아먹어 버린다. 오디세우스는 우여곡절 끝에 집으로 돌아갔다. 스킬라는 나중에 헤라클레스의 손에 죽게 된다. 뿐만 아니라 머리 아홉 달린 히드라도 그의 손에 죽었다. 헤라클레스의 12가지 과업 중 대부분이 이런 괴물들을 없애는 것이었기 때문이다.

괴물의 정의는 무엇일까? 국어사전에는 '1. 괴상하게 생긴 물체, 2. 괴상한 사람을 비유적으로 이르는 말.'이라고 설명하고 있다. 신화에 속 괴물이라 일컫는 이들을 보면 이 두 가지에 주로 해당된다. 그러나 어디까지나 그 기준은 인간이다. 인간에게 해를 끼치고 인간의 기준에서 괴상하게 생겼고, 인간의 기준에서 괴상한 행동을 하는 이를 말한다.

그런데 신화 속 영웅이라고 말하는 그들은 어떤 기준에서 영웅인가? '지혜와 재능이 뛰어나고 용맹하여 보통 사람이 하기 어려운 일을 해내는 사람'이 국어사전이 말하는 영웅이다. 핵심은 '보통 사람이 하기 어려운 일을 해내는 사람'에 있다. 그래서 우리가 흔히 아는 슈퍼맨, 베트맨, 스파이더맨은 악으로부터 세상을 구하는 일에 앞장선다.

하지만 신화 속 영웅을 잘 살펴보면 괴물과 공통점이 참 많다. 성질이 급한 헤라클레스는 자신의 음악 교사를 때려죽이기도 하고, 광기에 사로잡힌 채 아내와 아들을 다 죽이기도 했다.

테세우스는 어떤가? 아버지를 배신하고 자신을 도와준 아리아드네를 낙소스섬에 버려 버린다. 그런 후 자신은 당당히 아테네 왕으로 등극한다. 마음에 들지 않는 자신의 아들을 죽여 달라며 포세이돈 신에게 빌어 아들은 전차를 몰다가 죽게 된다. 그뿐인가! 제우스의 딸인 페르세포네를 아내로 삼겠다며 허세를 부리다가 저승에서 하데스에게 잡혀 산송장처럼 지내기도 한다.

오디세우스는 아내가 기다리던 고향으로 돌아가던 도중 두 번이나 다른 여인과 함께 산다. 키르케와 1년을 살았고, 칼립소와는 무려 7년을 함께 산다. 그러는 시간 동안 페넬로페는 어린아이와 이타카를 지키기 위해 외로운 싸움을 하고 있었다.

"당신도 불행했지만 내가 느끼는 그것만큼 심하지는 않을 거요. 괴로운 죄책감이 내가 죽을 때까지 계속해서 아픈 상처를 쑤셔 댈 테니까."

19세의 메리 셸리가 쓴 『프랑켄슈타인』 속 괴물의 마지막 말이다.

이 소설의 부제는 '근대의 프로메테우스'다. 그리스 신화 속 프로메테우스가 인간을 만든 것처럼 무생물에 생명을 부여할 수 있는 방법을 알아낸 제네바의 물리학자 프랑켄슈타인 역시 죽은 자의 신장 8피트의 인형을 만들어 생명체를 만들어 내었다.

그러나 프랑켄슈타인과 프로메테우스는 너무도 다른 결과를 낳았다. 프로메테우스는 자신이 만든 인간에 대해 독수리에게 끊임없이 간을 쪼아 먹히는 형벌을 받으면서까지 책임을 지려고 애를 썼다. 그러나 프랑켄슈타인은 그러지 않았다.

이름마저 없는 이 괴물은 처음부터 괴물은 아니었다. 시체로 만들어졌으니 물론 모습은 괴기 그 자체였을 것이다. 얼마나 끔찍했으면 이 생명체를 만든 프랑켄슈타인 박사까지 그를 싫어했겠는가.

이 괴물은 자신의 의지와 상관없이 태어나 보니 끔찍한 모습이었다. 사랑받고 싶었고, 사랑하고 싶었지만, 자신의 모습 때문에 사랑받지 못했다. 그래서 그는 증오심 때문에 진짜 괴물이 되었다.

이 책은 인간의 조건을 묻고 있다. 흉측한 모습이지만 지성과 감성을 가진 괴물은 인간인가? 아닌가? 자신이 만든 피조물을 버린 프랑켄슈타인 박사는 인간인가? 아닌가?

이 소설을 읽다 보면 프랑켄슈타인 박사가 오히려 괴물같이 느껴진다. 우리가 흔히 프랑켄슈타인을 괴물로 오인하여 부르는데, 그 오인이 실제로는 오인이 아닌 것이다. 괴물 같은 프랑켄슈타인으로 인해서 괴물은 정말 괴물, 프랑켄슈타인이 된 것이다.

우리 사회 속 괴물은 누구인가? 그 개념은 누구에게나 상대적일 것이다. 직장 상사일 수도 있고, 남편일 수도 있고, 아내일 수도 있고, 부모일 수도 있고, 자녀일 수도 있다.

과학의 발전 과정 속에서 감성과 지성을 가진 AI는 인간인가? 아닌가? 그 세상 속에서 인간성을 상실해 가는 인간은 괴물인가? 아닌가? 버려진 반려견이 주인을 한없이 기다리는 행동과 반려견(반려자와 같은 말이 아닌가)이라 이름 부르다 상황에 따라 갖다 버리는 인간, 어느 쪽이 더 인간적인가?

'인간적이다'라는 말이, 이제 더 이상 인간에게 적용되지 않는 슬픈 현실이다. 그 현실은 누구의 탓도 아닌 바로 우리 모두의 탓이다.

괴물을 잡기 위해선 괴물이 되어야만 하는 사회. 괴물과 같은 능력이 있는 영웅의 면모가 필요한 사회. 그 모든 고리는 연쇄적이다. 일반적인 사람의 모습으로 괴물을 이기기란 불가능한 일이다. 그래서 괴물이 아닌 사람도 점점 더 괴물이 되어 가고, 억울하게 괴물이 되기도 한다.

드라마 <빈센조>는 빈센조라는 마피아가 우리 사회를 좀먹고 있는 '마피아' 같은 카르텔을 마피아의 방식으로 몰아내는 이야기를 그려나가고 있다. 우리네 현실에서 상식적인 정의의 시스템이 제대로 작동하지 않는다고 여기는 서민들에게는 이 판타지가 의외로 강력해질 수 있다는 뜻이다. 실제로 '검피아'라는 말까지 회자되는 현실이 만들어진

건 우리네 사법 시스템에 대한 대중들의 불신이 어디까지 와 있는가를 잘 드러내는 대목이 아닌가.

깔깔 웃으며 통쾌한 카타르시스를 느낄 수 있는 드라마지만, 드라마가 투영하고 있는 현실은 이토록 무겁고 씁쓸하다.

악마가 악마를 몰아낸다. 악마는 또 다른 영웅의 모습이 아닐까? 어떤 이에겐 악마지만, 어떤 이에겐 영웅이 되는 기준의 차이.

깰 수 없는 악의 카르텔을 깨기 위해 우리 모두가 괴물이 될 수는 없는 일이다. 그러나 한 번쯤, 괴물처럼, 영웅처럼 깰 수 없는 벽에 부딪혀 보고, 비겁함과 타협하지 않는 자세를 가져 보는 것. 그렇게 해 보는 것이 우리의 인생에 필요하다.

그러나 중요한 것은 '인간적인' 따뜻함을 상실해 버리고 진짜 괴물이 되는 것을 조심해야 한다. 괴물이 되려다 되려 더한 괴물이 되는 그런 슬픈 일을 경계해야 한다.

6. 혼자가 두려워질 때

'고립'의 유토피아를 찾아라

사람들이 웅얼거리는 소리가 귀에 거슬리게 들렸다! 수많은 트럼펫이 내는 듯 요란한 소음이 났다! 천 개의 천둥처럼 지독하게 귀에 거슬리는 소리가 났다!

– 에드거 앨런 포, 「함정과 진자」 중

때로 우리는 군중 속에서 고독해진다. 군중들이 내는 소리가 한없이 귀에 거슬리고, 때로는 두렵기까지 하다. 하늘의 별들도 소란스럽게 느껴지는 그런 공간. 그래서 그곳을 떠나고 싶어진다. 도시의 소음이 한없이 고통스럽게 느껴질 때, 끊임없이 나를 찾는 전화벨 소리가 지겹게 느껴질 때 그 모든 도시의 안락함을 버리고 싶어진다.

〈검색어를 입력하세요 WWW〉라는 드라마가 있다. 재미있기도 했지만 생각할 거리가 참 많은 드라마다. 여주인공 중 한 명인 배타미라는 인물이 나온다. 배타미는 유니콘이라는 포털 회사에서 젊음을 불태우며 유니콘을 유일무이한 유니콘으로 만든 장본인이다. 아마도 극 중 유니콘은 현실의 네이버 포털쯤으로 예상된다. 그러나 '유니콘'에서 그야말로 토사구팽 당하고 2위 포털 회사인 '바로'로 스카웃을 받아 가게 된다. 그녀는 6개월 안에 바로를 1위로 만들지 않으면 바로에서도 쫓겨 나가야 할 상황에 놓인다. 배타미를 둘러싸고 여러 인물들이 나온다. 그런 인물들의 고군분투도 많은 생각을 하게 했지만, 극 중 한 장소가 시선을 잡았다. 인터넷이라는 빠른 정보의 노출 한가운데서 일하는 배타미가 가장 사랑하는 장소, 넓은 운동장 구석에 자리한 계단 중간쯤, 한 평도 안 될 만한 불편한 자리.

그녀는 쉼 없이 울려 대는 전화가 받기 싫을 때, 자신의 이름이 실시간 검색어 1위가 되었을 때, 사랑하는 이를 떠나 보내야 했을 때, 조용한 머리가 되고 싶은 그러한 때 그곳을 찾았다. 이상하게도 그 장소는 인터넷도, 전화도 되지 않는 마치, 전설 속 장소 같았다. 어떠한 전파도 방해받지 않는 고립된 장소. 소음이 없는 조용한 곳. 세상 속에 '나'만 존재하듯 나를 오롯이 직면할 수 있는 그런 곳.

그녀는 그 장소에서 생각을 정리하기도 하고, 낮잠을 자기도 하고, 때로는 펑펑 쏟아지는 감정을 버리기도 했다. 일의 특성상 가장 정보에 민감한 그녀에게 쉼은 자신에게 가장 중요한 것을 버리는 것이었다.

무거운 물건과 가벼운 물건을 높은 곳에서 동시에 떨어뜨리면 어떤 물건이 먼저 떨어질까? 이 무슨 어리석은 질문이냐고 할 것이다. 당연히 무거운 물건이 먼저 떨어질 것이다. 그러나 공기가 없다면?

공기가 없으면 모든 물체들은, 심지어 깃털과 바위도 똑같은 속도로 떨어진다고 갈릴레오는 증명했다. 이 공기의 저항을 복잡성 유발 요인이라고 한다. 즉, 단순한 사실이 공기의 작용으로 말미암아 복잡하게 되었다는 것이다. 모든 물체들은 무게와 상관없이 똑같이 떨어져야 마땅한데 공기라는 환경적 요인으로 인해서 가벼운 물건은 천천히 떨어지고, 무거운 물건은 빨리 떨어지는 다른 결과가 생겼다는 것이다.

또한 갈릴레오는 복잡성 유발 요인으로 마찰을 든다. 어떤 물체는 울퉁불퉁한 도로 위에 던지면 조금 가다가 멎지만, 얼음판 위라면 더 많이 미끄러질 거라는 것이다. 즉, 어디에 마찰하냐에 따라 결과가 달라진다는 것이다.

갈릴레오는 '고립된 상태에서 운동하는 물체는 자신의 운동을 영원히 유지할 것이다.'라는 새로운 자연법칙을 발견하고 언명했다. 이때 '고립된' 상태란, 마찰력 따위가 없는 상태를 말한다. 오직 힘만이 등속 운동 상태를 변화시킬 수 있다. 마찰이라는 복잡성 유발 요인에 얽매이지 않은 본래의 세계를 발견한 것이다. 노벨 물리학상 수상자 리언 M. 레더먼은 『시인을 위한 양자물리학』에서 고립은 '이상적인 상태'라고 말하고 있다.

고립이 이상적 상태라니! 우리는 '고립'이라는 어감에서 별로 긍정적인 감정이 유발되지 않는다. 오히려 고립이란 무섭고, 끔찍하고, 심지어 섬뜩하기까지 하다.

실제로 나는 그런 경험이 있다. 자주 가는 산 중턱쯤을 지나면 전화도 되지 않고, 라디오도 되지 않는 지점이 있다. 아무도 없는 산에서, 아무런 소리도 나지 않고, 전화도 되지 않는 고립. 노을이 지기 시작했고, 점점 더 사위가 어두워질 때 만나는 그런 고립은 정말 섬뜩했다.

아리스토텔레스는 인간은 사회적 동물이라고 말했다. 인간은 고립을 좋아하지 않고, '혼자'를 그닥 사랑하지 않는다. 오히려 두려워한다. 우리는 고립되지 않으려고 정말 치열하게 애를 쓰며 산다. 드라마 속 배타미처럼 말이다. 우리가 드라마를 보며 위안받고, 함께 울고 웃고 하는 것은 극 중 그들의 삶이 우리의 삶에도 있기 때문일 것이다.

그런데 이상적 상태라니! 뭐, 과학에선 그럴 수 있다고 생각할 수도 있다. 하지만 과학은 사실 먼 별나라 이야기가 아니다. 과학의 발생 자체가 인간을 위해서가 아닌가! 과학과 철학은 고대 때부터 한 뿌리에서 태어났고, 결국 과학도 인간의 일이다.

우리의 삶도 과학과 그닥 다르지 않다. 우리의 삶에는 어떤 복잡성 유발 요인이 작용하고 있는가? 우리를 제대로 떨어지지 못하게 하는 공기의 역할은 무엇인가? 우리를 더 미끄러지게 하는 빙판길은 무엇인가? 우리의 환경, 생활 공간 속에 주어진 무수한 복잡성 유발 요인으로 인해 우리는 오늘도 '나'라는 본래의 세계를 상실한 채, 보지 못한 채, 외면한 채 살아가고 있지는 않는가? 이 복잡한 도시 속에서, 거대한 우주 속에서 한낱 인간이 더 잘 살아 낼 수 있는 방법은 오히려 고립이 아닐까?

바이러스 하나에도 인간은 심한 고립의 시간을 경험하게 된다. 어떤 이는 생계를 위협받고, 어떤 이는 좋아하는 사람을 만나지 못해 감정의 고통 속에 놓여 있고, 어떤 이는 전염의 두려움에 떨고 있다.

세상은 마비되고 조용해진다. 거리는 한산하고, 그렇게 걸려 오던 전화도 좀처럼 울리지 않는다. 쉼 없이 작동하던 생각도 멈춰 버린다. 충분한 잠을 자고, 음악을 듣고, 집에서 할 수 있는 적절한 노동을 하고, 친구들과 카톡 토론(수다가 맞을지도)도 벌여 본다. 평소에는 할 수 없었던 일이다. 토마스 모어가 말한 유토피아가 여기에 있다.

고립은 어쩌면 휴식이다. 평소에는 생각하지 못했던 것들, 평소에는 바라보지 못했던 것들, 평소에는 느끼지 못했던 것들을 말이다. 외부에 의한 고립은 나의 맷집을 강하게 하고, 내부에 의한 고립은 나를 충전하게 한다.

나의 의도와 상관없이 오는 고립은 고통스럽지만 오히려 고립을 내면의 나를 찾아가는 시간으로 역이용한다면 나란 존재는 한층 더 큰 나가 될 것이다.

7. 더 이상 연인에게 떨리지 않을 때

사랑은, 브람스를 좋아하는 내가
브람스를 좋아하지 않는 너를 좋아하는 것

이 사람과 결혼을 해야 하나, 말아야 하나 고민하던 때였다. 결혼한 선배에게 상담을 했다. 그 선배의 말이 아직도 생생하게 기억이 난다.

결혼을 생각할 그 무렵, 나에겐 오랜 연인이 있었다. 사춘기 시절엔 친구였고, 스무 살이 되면서 연인이 되었다. 공부에, 아르바이트에 치여서 특별히 별다른 연애를 할 생각은 못 했다. 그는 한결같이 친절했고, 크게 싸우는 일도 없이 크고 작은 일들을 나에게 맞춰 주었다. 긴 시간 연애에 주위의 어떤 사람들도 우리의 결혼을 의심하지 않았다. 생각해 보면 그는 언제나 내 옆 어딘가에 있었다. 헤어짐을 생각했을 때, 그를 못 본다는 것이 힘겹다기보다는 그가 없는 일상을 어떻게 살지가 가장 문제였다.

그래서 늘 의심스러웠다. 같이 있어도 전혀 떨리지 않는 사람과 결혼을 하는 게 맞을까? 마침 그때, 매력적으로 다가오는 남자가 있었다. 이성을 생각했을 때 머릿속으로 상상했던 그런 사람 말이다.

그 사람을 만나면 늘 긴장했고, 조심스러웠고, 불편하지만 떨렸다. 오래도록 그런 긴장을 느끼지 못하던 내게는 신선한 매력으로 다가왔다. 그와 아무 사이도 아님에도 멀리서 그가 걸어만 와도 심장이 요동했다. 그가 쏟아내는 모든 말들은 생경한 멋진 말들로 가득했다. 어떻게 이렇게 똑똑하고 옹골차게 말하는 사람이 있을 수 있는지, 그의 입술을 오래도록 보곤 했다. 살짝 스치듯 그의 팔에 나의 팔이 닿으면 소스라치게 놀랐지만 뗄 수 없었다. 온몸의 세포가 살아나고, 진땀이 흘렀다. 하지만 그와의 미래를 생각할 때는 언제나 어두웠고, 나에게 아무런 관심도 두지 않는 그에게 다가갈 용기 같은 것도 없었다.

젊은 나는 이미 늙어 버렸다. 남자를 유혹하기 위해 에너지와 시간을 쓰는 것에 대해 힘겨워하는 나. 그를 사랑하는 게 아닐까, 생각했지만 사랑하고 싶지 않았다. 또 다른 누군가를 알아 가고, 사랑하고, 맞춰 가는 것이 지리멸렬했다. 그는 매력적이었지만 그가 가진 모든 배경은 내겐 힘겨웠다. 굳이 내 쪽에서 그런 노력을 기울일 필요는 없었다. 나는 이미 이해타산적이었다.

선배는 말했다.

"그 떨리는 심장도 언젠가는 잠잠해진다. 평생 심장이 그리 떨리는 사람과 살면 심장병 걸리지 않겠니? 심장도 살아야 하니 적당히 떨리다 멈추는 거야."

나는 누구와 결혼했을까?

그것은 중요하지 않다. 어느 누구와 결혼을 했든 얼마 지나지 않아 내 심장은 고요해졌을 것이다. 사랑은 감정이 아니라 의지라 믿어 의

심치 않다.

'브람스를 좋아하세요? 어제 일은 죄송했습니다.'
"브람스를 좋아하세요?"라는 그 구절이 그녀를 미소 짓게 했다. 그것은 열일곱 살 무렵 남자아이들에게서 받곤 했던 그런 종류의 질문이었다.
"브람스를 좋아하세요?"라는 그 짧은 질문이 그녀에게는 갑자기 거대한 망각 덩어리를, 다시 말해 그녀가 잊고 있던 모든 것, 의도적으로 피하고 있던 모든 질문을 환기시키는 것처럼 여겨졌다.

– 프랑수아즈 사강, 『브람스를 좋아하세요...』

소설 속에서 오래된 연인 로제와의 관계는 갈수록 무뎌져 갔다. 생활은 사랑을 덮고도 남게 피곤했다. 모든 것을 로제 중심으로 맞추느라 자신을 잃어버린지조차 모르고 살던 폴.

'브람스를 좋아하세요?'라는 유치한 시몽의 편지는 폴의 본성을 깨어나게 했다. 지금 가는 길이 맞는지 질문했다.

젊고 적극적인 시몽의 애정 공세를 폴은 이겨 내기 쉽지 않았을 것 같다. 어떤 여자라도 시몽의 매력에 빠져 버리고 말 테니.

행동 하나하나 로제와는 너무 다른 시몽. 집에 데려다주는 것조차 귀찮은 로제와는 다르게 순간도 떨어지기 싫어하는 시몽의 행동은 폴의 마음을 붙잡기에 충분했다. 로제와 폴 사이에는 무언가가 죽은 것과 같은 관계가 지속됐다.

더 이상 화내지도, 따지지도 않는 상태. 그것이 관계에서 가장 무서운 것 같다. 잡아 주기 원하는 폴의 마음과는 달리 끝끝내 로제는 그녀에게 아무 말도 하지 않았고, 모르는 척했다. 폴 역시 굳이 말하지 않았다. 흔들린다는 사실을. 잡아 주면 좋겠다는 마음을.

'그녀는 자신이 개입된 이 연애의 초입에서, 예를 들어 로제와의 관계 초기에 있었던 흥분과 약동 대신 발끝까지 휘감은 거대하고 나른한 권태를 느꼈다. 모두들 나에게 분위기를 바꿔 보라고 했지만 실제로는 애인을 바꾸게 되는군 하고 그녀는 서글프게 생각했다. 덜 성가시고 더 파리지앵답고 너무나 자주 만나 주는 애인으로….'

'그는 행복한 몽유병자처럼 행동했고, 폴은 그런 모습에 감동해 그가 더욱 소중하게 여겨졌다. 그녀는 돌연 그런 일이 그녀 자신에게 거의 없어서는 안 될 것처럼 여겨지는 데 깜짝 놀랐다.'

반면, 로제의 입장을 서술자는 읽어 낸다. 폴을 사랑하지만 메지는 메지대로 만나는 로제.

로제는 메지(창녀, 한 번씩 로제가 만나는 여자)의 '자기'라는 소리가 거슬리기 시작했다. 그리고 그것을 문제 삼은 자신이 심하다고 생각한다. 이것이 문제시되기 시작한 것이 문제라는 인식도 한다. 그러나 어떠한 방법도 취하지 않는다.

'상대를 자기 자신만큼 소중히 여기는 건 폴과 나의 경우지.'라고 생각만 할 뿐, 그의 행동에는 어떤 변화도 없다.

창녀와 잠을 자고 아침을 맞이한 로제는 스스럼없이 이런 생각을 한다. 그에게 자기 자신만큼 상대를 사랑한다는 마음은 어떤 마음일까?

폴은 그런 로제를 떠나 시몽과 행복해질 듯 보인다. 그러나, 현실의 벽은 생각보다 높다. 시몽이 골라 준, 조금쯤 외설적인 드레스를 입고 둘은 나이트클럽을 간다. 너무도 행복한 그녀. 그러나 그곳에서 아는 사람을 만난다. "저 여자, 지금 나이가 몇이지?"라고 소곤거리는 소리.

그녀는 머리가 아릿해져 그대로 집으로 와 드레스를 벗어 버렸다. 현실이 생각으로 들어왔다.

스물다섯의 남자와 서른아홉의 여자의 사랑은 쉽지 않다. 그런 폴에게 설복하지 않는 시몽.

> "삶은 여성지 같은 것도 아니고 낡은 경험 더미도 아니야. 당신은 나보다 열네 해를 더 살았지만, 나는 현재 당신을 사랑하고 있고, 앞으로도 아주 오랫동안 당신을 사랑할 거야. 그뿐이야. 나는 당신이 자신을 천박한 수준, 이를테면 그 심술쟁이 할망구들의 수준으로 비하시키는 것을 참을 수가 없어. 지금 우리의 문제는 로제뿐이야. 다른 건 문제 되지 않아."

젊음은 이토록 강열하고, 자신만만하고, 당차다.

그러나 '시몽은 때때로 자신이 힘들고 무용하고 승산 없는 싸움을 하고 있다는 느낌이 들었다. 왜냐하면 흐르는 시간이 그에게 아무런 도움이 되지 못한다는 것을 잘 알고 있었던 것이다.'

프랑수와즈 사강의 소설 『브람스를 좋아하세요…』에서 사강은 사랑의 영원성이 아닌 덧없음을 강조했다. 그녀는 이 소설이 물음표가 아닌 점 세 개로 이루어진 말줄임표로 끝나야 한다고 말했다. 점 세 개의 여운이 책을 다 읽고 난 후에도 꽤 크게 다가온다.

작가 사강의 개인적 삶은 참으로 화려하다. 편집자였던 첫 남편 기 스퀼레르와 이혼하고, 미국인 조각가 로버트 웨스토프 사이에서 아들 드니를 두고 일 년 만에 또 이혼했다.

낭비와 알코올과 연애와 섹스와 속도와 도박과 약물에 '중독'된 그녀. 매력적인 작은 괴물이라 평가받으며 '사강 현상', '사강 신화'의 대가를 톡톡히 치른 여인이다.

"타인에게 피해를 주지 않는 한, 나는 나를 파괴할 권리가 있다."는 그녀의 말은 유명하다. 그녀의 말대로 그녀는 지독히도 스스로를 파괴하며 생을 살았다.

그녀의 삶은 마치 이스라엘의 세 번째 왕 솔로몬을 연상케 한다. 모든 부와 권력과 영화를 누린 후 솔로몬은 전도서에 '헛되고 헛되며 모든 것이 헛되다'라고 말했다.

모든 사랑의 관계는 이렇게 희석되고, 퇴화되고, 나른해지는 것일까? 떨림의 관점에서 보면 분명 그러하다. 하지만 그리되어야만 마땅하다.

한 남자와 오랜 연애를 하고, 결혼을 하고, 아이 둘을 낳고, 셀 수도 없는 사랑을 나누고, 셀 수 없이 이별하고 싶은 감정을 가졌어도 여전히 좋은 사람이 나는 지금의 남편이다.

하나도 떨리지 않고, 하나도 긴장되지 않고, 하나도 불편하지 않아서 더 좋은 남편이다.

> "무언가 두렵다면 그 이유가 바깥이 아닌 바로 자기 안에 있음을 기억하라."
>
> – 레프 톨스토이, 『살아갈 날들을 위한 공부』

삶이 괴롭거나, 무엇을 선택해야 할지 모를 때 자주 톨스토이 책을 뒤적이는 편이다. 사랑은 여러 가지로 변모한다. 푸릇푸릇하게 한없이 떨려서 눈조차 마주치지 못하고, 손조차 잡지 못하던 그 마음이 없어졌다고 사랑이 사라진 것이 아니라 어느덧 편안함으로 자리한 것. 그렇게 사랑은 익어 간 것이다.

그러기 위해선 그 답은 상대가 아닌 내 안에서 찾아야 한다. 상대방이 나에게 무엇을 주었냐가 아닌, 내가 나로 살면서, 상대와도 살고 있는지 말이다. 폴처럼 나를 잃고 상대만 있어도 안 되고, 로제처럼 나만 있고, 상대는 없어도 안 된다. 둘이 하나가 되는 것이 아닌, 각자의 존재로 남아 함께 살아가는 것이다. 브람스를 좋아하는 나와 브람스를 좋아하지 않는 네가 함께 살아가는 것이다. 그것이 사랑이다.

8. 사랑에 의심이 생길 때

모든 관계는 '사이'를 필요로 한다

『푸른 수염』은 샤를 페로의 동화 원작으로 카트린느 브레야 감독이 프랑스 영화 특유의 감성으로 재해석한 동화 3부작 중 첫 번째 이야기다.

아멜리 노통브의 『푸른 수염』을 읽기 전에 먼저 동화 『푸른 수염』의 스토리를 살펴보자.

옛날에 '푸른 수염'이라는 별명을 가진 남자가 있었다. 그는 여러 차례 결혼을 했으나 그때마다 아내들이 실종된 수상한 귀족이다. 어느 날, 그는 딸이 많은 어느 가정에 청혼을 하고 결국 그 집의 막내딸과 결혼식을 올리게 된다. 그 딸은 푸른 수염의 큰 성에서 살게 되었다. 푸른 수염은 그녀에게 이 성의 모든 방에 가도 좋지만 지하실 구석의 한 작은 방만은 열지 말라는 금기 사항을 주었다. 막내딸은 충실히 그 말을 지켰으나 푸른 수염이 집을 비운 사이 성에 찾아온 언니의 꼬드김으로 작은 문을 열고 만다. 그 방에는 지금까지 푸른 수염과 결혼한 아내들의 시체가 있었다. 그녀는 덜덜 떨면서 방문을 닫았지만, 열쇠를 떨어뜨리는 바람에 열쇠에 피가 묻어 지워지지 않았다.

그동안 푸른 수염의 아내들은 모두 푸른 수염의 금기를 깨고 지하실에 들어갔다가 살해된 것이다.

돌아온 푸른 수염은 열쇠를 피를 보고 아내가 금기를 깬 것을 알게 되었다. 분노한 푸른 수염은 그녀를 바로 죽이려고 했지만 기도할 시간을 주기로 한다. 그때 그녀의 오빠들이 달려와서 푸른 수염을 무찌르고 여동생 구출에 성공한다. 그녀는 푸른 수염의 어마어마한 재산을 상속받는다.

참으로 끔찍한 잔혹동화인데, 이 이야기를 모티프로 아멜리 노통브는 같은 제목의 글로 우리에게 다시 한번 밀실을 생각하게 한다.

돈 엘레미리오 니발 이 밀카르는 성의 주인이자 사람을 8명이나 죽인 연쇄살인범이다. 20년째 두문불출(부모님이 죽은 후부터)하면서 여자들에게 끊임없이 세를 놓는다. 그리곤 그녀들과 사랑에 빠진다. 원작처럼 그도 밀실에 들어가지 말라는 금기를 말한다.

그는 살인범이라고는 믿기지 않으리만큼 친절하고, 요리도 잘하며, 여자들에게 직접 옷도 만들어 선물한다. 고전과 역사에 대해 해박하여 홀로 책 읽기를 좋아한다.

그의 집에 세를 들게 된 여인 사튀르닌. 그녀는 25세의 당찬 시골 아가씨이다. 벨기에가 고향이라 파리에서 집을 구하다가 엘레미리오의 집에 세 들어 살게 된다. 자신은 절대로 그를 사랑하지 않을 것이라 생각했지만 결국 엘레미리오를 점점 사랑하게 된다. 엘레미오의 밀실을 본 후, 그를 밀실에 넣어 죽인다.

밀실이 의미하는 바는 무엇일까?

겉으로는 사진을 현상하는 암실이다. 엘레미오의 이 밀실은 누군가가 허락 없이 들어가면 자동적으로 문이 닫히고, 냉동고가 되어 버린다. 엘레미리오의 비밀의 공간이다.

엘레미리오의 성은 마치 에덴동산과도 같이 완벽한 곳이고, 모든 게 허락된 곳이다. 하지만 이 공간만큼은 허락되지 않는다. 마치 에덴동산의 선악과처럼. 이곳을 범하면 신뢰는 깨어지고, 사랑함을 표현할 수 있는 유일한 수단이 깨어지는 것이므로 엘레미리오는 첫 번째 희생자가 발생한 이후에도 이것을 없애지 않았다.

그는 처음에는 이런 희생자가 생길 거라 생각하지 못하고 만들었다. 언젠가 금기를 깨지 않는 여자가 나타날 거라 기대하며 냉동 시설을 철거하지 않았는데, 결국 그 속에 자신이 갇히고 만다.

"의심이 있는 곳에 사랑은 깃들 수 없다."

이 말은 신화 속 에로스가 프시케에게 한 말이다. 이 신화와 소설은 유사한 점이 있다.

어느 왕국에 아름다운 세 명의 딸이 있었다. 그중에서도 셋째 딸이 가장 예뻤는데, 이름이 프시케였다. 그녀는 너무 아름다워 미의 여신 아프로디테보다 더 아름답다고 사람들이 칭송하게 되었다.

그러자 화가 난 아프로디테가 자신의 아들인 에로스에게 그녀를 벌 줄 것을 명령한다. 어머니가 시키는 대로 에로스는 프시케를 벌주려고 했지만 그녀의 아름다움에 놀라는 바람에 자신의 화살에 찔리고 만다. 그녀를 사랑하게 된 것이다.

에로스는 두 가지의 화살이 있다. 하나는 황금 화살이고 하나는 납으로 된 화살이다. 황금 화살에 맞으면 처음 본 사람을 사랑하게 된다. 납 화살을 맞으면 처음 본 사람을 미워하게 된다.

어느 날 프시케의 부모님은 그녀가 인간과 결혼할 운명이 아니라 괴물과 결혼할 운명이며, 그 신랑이 산꼭대기에서 기다리고 있다는 신탁을 받게 된다. 프시케는 이 신탁을 믿고 길을 떠나 아름답고 거대한 성에 들어가게 되는데 그곳에서 신탁이 말한 신랑을 만난다.

그런데 이상하게 프시케는 남편의 얼굴을 볼 수가 없었다.

그는 밤이 되면 찾아오고 날이 밝기 전에 떠났기 때문이다. 하지만 신랑은 그녀를 분명히 사랑하고 있었고, 그녀 또한 그를 사랑하고 있었기에 견딜 수 있었다.

가끔 신랑에게 얼굴을 보여 달라고 하면 신랑은 "나는 당신을 사랑하고 있으니 그 사랑을 의심하지 말고 믿어 달라"고 하며 얼굴을 보여 주지 않았다.

그러던 어느 날 동생을 찾아온 언니들은 프시케가 너무 행복하게 살고 있는 것에 질투심을 느끼고는 신랑이 괴물일지도 모르니 꼭 확인을 해 보라고 꼬드긴다.

이 말을 믿은 프시케는 남편이 잠들어 있는 틈에 등불을 들고 그의 얼굴을 살피게 된다.

남편의 얼굴을 너무 아름답고 매력적인 모습이었고, 등에는 부드러운 날개가 달려 빛을 내고 있었다. 남편은 다름 아닌 사랑의 신 에로스였던 것이다.

그 모습에 반한 프시케가 더 자세히 보려고 등불을 기울이다가 실수로 기름 한 방울을 남편의 어깨에 떨어뜨린다. 놀라 일어난 남편은 사라져 버린다.

"혼자 사는 남자에게 암실이란 필요치 않지만 우리가 사랑하는 사람과 삶을 나누려 할 때, 그럴 때 필요가 생겨나지."

엘레미리오는 암실의 필요성을 이렇게 말하고 있다. 혼자일 때는 필요 없지만, 둘이 되기 위해서는 반드시 필요한 공간.

예언자 칼 릴 지브란은 사랑의 관계에서 '함께'이기 위해서 우리는 '혼자'가 필요하다고 말한다. 오래 가깝기 위해선 거리가 필요하다. 모든 관계에서 그 거리를 인정하지 못하면 결국 파국에 이르고 만다.

관계를 맺을 때 혼자만의 공간, 고독의 공간이 더욱 필요하다. 혼자일 때는 오히려 암실은 필요치 않다. 참 아이러니하게도 사랑의 특성은 함께이길 원한다. 그러나 늘 문제란 함께이기에 생겨난다. 우리는 더욱 사랑하기 위해 각자의 암실이 필요할지도 모른다.

그렇다면 어디가 암실일까? 어디는 함께여야 하고, 어디는 혼자여야 하는가? 여전히 문제는 남아 있다.

"애매성이 더 커지기만 하지. 한 사람의 영역은 어디서 시작되고, 다른 사람의 영역은 어디서 끝나겠소? 전사(戰士)의 지도 못지않은 가치를 지닌 사랑의 지리라는 게 있다오. 원룸에서는 위기의 위협이 너무 강력해서 커플이 처음부터 훨씬 더 많은 노력을 할 것 같은데… 그건 사느냐 죽느냐의 문제요."

자기만의 영역을 확보하는 것은 사느냐, 죽느냐의 문제다! 전쟁터에서 싸우는 전사는 지도가 정말 중요한 가치를 지니고 있다. 적이 어디 있는지, 아군이 어디 있는지를 아는 것은 생존의 문제다.

마찬가지로 사랑에 있어서도 그러하다. 내 영역에 거하는 것, 상대의 영역에 넘어가지 않는 것, 그것은 사느냐 죽느냐의 문제라는 말. 맞는 말인 것 같다. 관계에 있어서 많은 문제의 발생은 모든 것을 함께해야 한다는 생각 때문인 것 같다. 각자의 존재를 인정하지 않고, 모든 것을 같아지고 싶어 하는 사랑의 본성 때문이다.

"모든 인간에게는 자신의 암실을 가질 권리가 있다고 생각하지 않소?" 푸른 수염의 외침이 간절하다. 그러나 금기에 대한 인간의 호기심 또한 푸른 수염의 그것만큼 강하다.

호기심은 죄일까? 판도라는 호기심으로 상자를 열어서 온갖 나쁜 것을 세상에 나오게 하여 최초의 악녀가 되었다. 하와는 호기심으로 선악과를 따먹고 남편에게까지 주어 에덴동산에서 쫓겨나 그야말로 개고생을 하고, 온 인류를 신에게서 떠나게 만들었다. 프시케는 남편의 얼굴이 정말 괴물일까, 아닐까 의심하여 남편의 얼굴을 본 죄로 에로스를 떠나게 만들었고, 아프로디테가 주는 말도 안 되는 과업을 이루느라 죽을 뻔한 위기를 몇 번이나 겪는다. 이카로스는 너무 높게도, 낮게도 날지 말라는 아버지의 당부에도 불구하고 정말 그럴까, 높이 한번 날아 본다. 그러다 결국 바다에 떨어져 죽고 만다.

모든 관계는 '사이'가 필요하다. 제비 한 마리가 돌아왔다고 봄이 오는 것은 아니듯이 신뢰는 하루아침에 쌓이는 것이 아니다. 사랑의 관계도 하루아침에 성숙해지는 것이 아니다. 의심이 일어날 때, 상대의 밀실을 확 열어 보고 싶은 마음을 하나씩, 둘씩 걷어 내고 사이로 걸어야 한다. 그런 관계 속에서 사랑은 한층 더 성숙되어 간다. 누구나 밀실 하나쯤 가질 자유가 있다.

9. 집이 지겨울 때

모든 것은 변하면서 발전해

집이란 사람에게 어떤 의미일까?

그리스 신화 속 오디세우스는 트로이 전쟁에 나가 전쟁을 치르느라 10년 동안 집을 떠나 있었다. 드디어 전쟁의 승전보를 가지고 사랑하는 아내와 아들이 있는 집으로 돌아가는 길, 또다시 역경을 만난다. 신들의 노여움을 사서 집으로 가는 길 괴물들의 방해를 받게 된 것이다. 또다시 10년이 흘러 겨우겨우 집으로 돌아간 오디세우스! 그사이 오디세우스는 키르케와의 사이에서 아들까지 낳기도 한다.

많은 유혹을 받으면서 그냥 그곳에서 안주하며 살아도 될 것 같다는 생각이 들기도 하는데, 오디세우스는 끝끝내 집으로 돌아간다.

집이란 그런 곳이 아닐까? 아무리 좋고, 아름다운 것이 있다고 할지라도 그것을 두고서 돌아가고 싶은 곳. 안식을 의미한다.

사실 집이란 건물은 그런 의미를 가지지 못한다. 언제든 바뀔 수 있으니 말이다. 하지만 우리가 집이라 이름한 그 건물을 집으로 여기고 생각할 때 우리의 마음은 서서히 달라진다. 큰 볼일을 바깥에서 보기보다 집에 가서 볼 때 더 안정감이 느껴지는 것만 봐도 집이라 이름한 곳은 회귀 본능을 일으킨다.

그런데, 참 아이러니한 사실은 그렇게 힘겹게 돌아간 집에서 오디세우스는 계속 있지 못한다.

모험을 좋아하는 전쟁의 영웅 오디세우스는 또다시 집을 떠나니 말이다.

또 한편, 집이란 그런 곳이기도 하다. 따분하고, 정체되고, 지리멸렬한 곳. 그래서 우리는 집에서, 여행을 꿈꾼다.

편안함과 지겨움은 야누스의 두 얼굴과 같다.

그림책 『키오스크』에서 집의 의미를 생각해 보았다.

"키오스크는 올가의 인생이나 다름없지요."

올가는 좁은 키오스크에서 살고, 그곳에서 일을 하고, 그곳에서 쉰다. 변기이기도 하고, 침대이기도 하고, 사무실 의자이기도 한 올가의 소파는 짠한 마음을 자아낸다.

그림책의 표지를 열면 키오스크의 창문이 열리고 올가의 이런 현실이 적나라하게 드러난다. 우리는 이 장면을 보면서 우리의 집을 떠올리게 된다.

집이란 지극히 사적인 공간이라 그곳을 잘 드러내길 꺼려한다. 그래서 누군가 갑자기 집에 찾아오면 당혹스럽기 마련이다. 내가 이런 집에 산다면, 좀 부끄러울 것 같다는 생각이 살짝 든다. 하지만 올가는 그닥 불행해 보이지 않는다. 그녀의 표정은 가볍고, 편안하다. 어쩌면 그 좁고 불편한 키오스크에 적응해버린 걸까? 그러나 계속되는 이야기의 전개 속에서 발견되는 올가가 웃을 수 있었던 원천은 자신의 일에 아주 충실했기 때문이라는 사실! 올가는 손님에 대한 관찰과 파악이 대단하다. 손님 한 명 한 명의 특징을 정확히 알고, 미리 짐작하여 일을 해내는 전문가의 필이 느껴진다. 충실과 예측은 일에 있어 쉽지 않은 일이다. 그런 모습이 참으로 멋지게 느껴진다.

올가의 유일한 취미는 여행 잡지를 읽는 일이다. 좁은 키오스크에서 하루도 쉬지 않고 일을 하는 올가의 마음이 느껴지는 대목이다. 그러나 한 번도 스스로 일어나 그곳에 갈 수도 있음을 떠올리진 못한다. 습관이란 이리도 무서운 것이다.

우리도 마찬가지가 아닐까? 집을 버려 두고, 내 일터를 버려 두고, 그 모든 걸 내려놓고 꿈을 좇는 일이란 쉬운 일이 아니다.

그런데 어느 날, 올가의 터전인 키오스크가 넘어지는 무시무시한 일이 발생한다. 올가의 모든 것이 엉망진창이 되어 버린 일생일대의 사건!

그런데 이게 웬일인가? 올가는 드디어 알게 되었다. 키오스크란 이동할 수 있는 집이란 걸!

그 엄청난 사실로 인해 올가에게는 그곳을 떠날 용기가 생긴 것이다. 키오스크를 들고 이동하는 일은 쉬운 일은 아니다. 엎친 데 덮친

격으로 올가는 강물에 떨어지고 만다. 세상이 도대체 나한테 왜 이러나 싶은 그런 순간이 아닐까?

그럼에도 불구하고, 정말 그럼에도 불구하고 죽으란 법은 없나 보다. 오히려 삶은 그 '뒤집힘'을 통하여 더 큰 세상을 선물하기도 하는 법이다.

올가와 키오스크가 도착한 곳은 아름다운 석양이 빛나는 바닷가. 올가는 그곳에서 이제 아이스크림을 팔며 산다. 절대로 안 될 것 같은 것을 내려놓을 때 다른 방식의 삶이 주어질 기회가 되기도 한다.

그런데 여기서 주목할 점이 하나 있다. 나에겐 사실 위로가 되는 부분이기도 했다. 올가가 자신의 꿈 앞으로 다가갈 수 있었던 그 용기는 스스로 낸 것이 아니라는 점이다. 어쩔 수 없는 상황이 생긴 것이다. 우리가 익히 말하는 시련, 고난, 그런 거 말이다.

"갑자기 올가의 세상이 뒤집혔어요!"

책의 표현대로 세상이 뒤집히는 그런 일이 외부에서 발생한 것이다. 내부에서 스스로 일어난 것이 아니다. 좁지만 편안한 나의 세계를 완전히 깨뜨릴 만한 거대한 일이 외부에서 다가오기도 하는 게 인생이 아닐까?

그럴 때 우리는 두 가지 선택을 할 수 있다. 그대로 넘어져 있거나, 다시 일어나 걸어가거나!

그 사이에 중요한 것이 있다. 바로 깨달음이다.

올가는 알게 되었다. 키오스크의 정체를. 그동안 숱한 손님들을 만나며 갈고닦은 내공일까?

이런 순간에도 '생각'하고 '발견'해 내는 기특한 올가.

엉망진창이 되어 버린 현실에 주저앉아 있지 않아도 된다는 사실! 다른 길이 있었다는 사실! 그것을 알게 되어 드디어 다른 방향으로 걸음을 떼게 된 것이다.

올가 덕분에 외부로부터 오는 나쁜 힘에 대한 두려움이 좀 누그러지게 되었다.

"모든 것은 변하면서 발전해.
두렵지만 한 번은 무너져야 해."

영화 <먹고 기도하고 사랑하라> 속 대사가 떠오른다.

"평화를 찾으려면 치열한 싸움을 해야지.
사랑도, 그리움도
어차피 바닥나.
가슴에서 감정을 꺼내면 그만큼 여유가 생겨.
꿈꾸던 사랑으로 그 공간을 채워 봐.
나중엔 용량이 커져서

이 세상도 사랑하게 돼."

"행복하게 살려면 도를 넘지 말아야 해.

균형을 잃으면 힘도 잃지.

쉬운 게 아니야.

몸도 웃고 마음도 웃고 몸속의 간도 웃고.

때론 사랑하다 균형이 깨지지만

그래야 더 큰 균형을 찾는 거야."

이 영화 속 주인공은 올가랑은 좀 다르다. 리즈는 안정적인 직장과 번듯한 남편, 맨해튼의 아파트도 있는, 서른한 살의 저널리스트였다. 섹스리스 부부인 것 말고 겉으로 보기에 그녀는 완벽해 보이는 삶을 살아가고 있었다.

그런 리즈가 남편, 일, 집, 모든 것을 뒤로하고 1년의 여행을 하며 자신을 발견하는 영화이다. 리즈가 집을 떠난 계기는 순전히 자신의 내부에서 일어난 의문 때문이다.

올가와 리즈의 공통점은 그게 내부로부터 오는 힘이든, 외부로부터 오는 힘이든 그 힘에 의해 '두렵지만 한 번은 무너진다'는 것이다.

무너져야만 시작된다는 이 아이러니의 인생 원리. 다 꺼내고 나면 그만큼의 용량이 생기고, 균형이 깨지고 나면 더 큰 균형을 알게 되는, 참 재미있는 인생 원리.

오디세우스는 애써 집으로 돌아가 왜 다시 집을 떠났을까? 리즈는 펠리프를 만나 다시 사랑의 길로 떠났지만 그 사랑은 현실을 만나 또 지리멸렬해지지 않을까?

올가의 키오스크는 여전히 키오스크이다. 도시에서나, 해변에서나 말이다.

매일매일 아름다운 석양을 보고 있노라면, 아이스크림을 더 이상 찾지 않는 계절이 온다면, 올가는 이제 도시가 그리워질지도 모른다. 하지만 걱정 없다. 올가의 집은 키오스크니까. 언제든 도시로 돌아갈 수 있고, 언제든 또 다른 곳으로 갈 수 있는 키오스크니까.

내가 그토록 간절히 바랐던 꿈도 현실이 되고, 일상이 되면 그저 지리멸렬해지기 마련이다.

집처럼 말이다.

올가의 집을 보며 우리의 집도 이런 집이면 어떨까 생각해 본다. 인간의 마음은 야누스의 얼굴을 가지고 있어서 변하기 마련이다. 세상에 안 변하는 것은 모든 것이 변한다는 사실밖에 없다고 말하는 헤라클레이토스의 말은 틀리지 않아 보인다.

안정을 추구하지만 모험을 원하고, 모험을 재미있어하지만 안정을 잃기 싫은 인간의 갈대 같은 마음. 파스칼의 인간을 관통한 사유가 위대하게 느껴진다.

참 어울리지 않는 키오스크라는 '집'. 그러나 이 집의 모습은 인간의 이 두 마음에 균형을 잡아 주는 것 같다. 모든 것에 일정한 거리를 둘

때, 무엇이나 바뀔 수 있음을 인정할 때, 사는 것이 훨씬 더 수월하지 않을까 싶다.

이곳이 평생 내 모든 것을 쏟아야 할 절대로 바뀌지 않는 무언가라고 생각할 때, 고통이 찾아온다. 그러나, 좀 가벼이, 언제든 옮길 수 있고 바뀔 수 있다 여기면 인생은 한층 자유로워진다. 변화를 두려워하지 않을 수만 있다면 우리의 내일은 한층 더 발전할 것이다.

10. 정리가 필요할 때

전진하기 위해선 정리가 필요해

"유목민은 떠나기 위해서 머문다."

- 들뢰즈

현대철학자 들뢰즈는 정착민들보다는 이동하고 관계 맺고 떠나는 삶을 사는 유목민의 삶에 집중했다. 명멸해 가는 로마의 사회를 보면 그 모습이 엿보인다.

로마의 쇠퇴 원인으로 대개 그 첫 번째로 이민족의 침입을 꼽는다. 튼튼했던 로마에겐 그것이 문제가 없었겠지만 약해질 대로 약해진 로마에 훈족의 습격은 더 이상 버텨 낼 재간이 없었다. 그동안 끊임없는 이민족의 침입에 어쩌면 언젠가는 무너질 로마였다. '안정'보다 '자유'를 추구한 이 '떠나는 자'들을 어떻게 막을 수 있겠는가! 지킬 것이 없는 자를 이길 방법은 지킬 것이 많은 자에겐 없는 것이 당연한 일이다. '움직이지 않지만 앉아 있으면서 움직이고, 움직이면서 앉아 있는', 이건 뭐 유령이 아닌가!

반면, 로마는 점점 더 폐쇄적 모습을 보인다.

> "인간 사회는 활력이 떨어질수록 폐쇄적이 되어 가는 법이다.
> 이것은 시대의 진전과는 전혀 관계가 없다."
>
> – 시오노 나나미, 『로마인 이야기 15: 로마 세계의 종언』

더 많이 소유하려는 모습, 내 것만을 고집하는 자세, 내 울타리 안으로 들어가는 폐쇄적인 태도는 망해 가는 징조다.

작은 습관 하나가 우리의 삶을 좌우하고, 인생을 결정하는 것을 우리는 역사에서, 위인들의 일대기를 보게 되면 쉬이 알 수 있다.

일본의 정리 컨설턴트가 쓴 자신의 정리법을 설명하는 책을 읽고 나는 짐짓 놀라웠다. 인간이 물건을 정리한다는 행위가 정말 많은 의미를 담고 있었기 때문이다. 그리고 그것은 생각보다 간단한 일도, 쉬운 일도 아니라는 것을 알았다.

정리 컨설턴트도 처음에는 특이한 직업군에 속했지만, 이제는 우리 생활 속에 자연스럽게 들어와 있다. 〈무브 투 헤븐〉이라는 넷플릭스 드라마 덕분에 유품정리사라는 직업도 이제 많이 알려졌고, 특수청소 업체들도 곳곳에 많이 생겨나고 있는 추세이다.

김완의 『죽은 자의 집 청소』나 김새별·전애원의 『떠난 후에 남겨진 것들』을 보면 물건은 단지 물체의 가치뿐만 아니라 인간의 감정, 더 나아가 욕망을 내포하고 있음을 알 수 있다. 그래서 그들이 하는 일은 단순히 물건을 정리하는 것에 그치지 않는다. 물건을 통해 사람을 생각하는 것이다.

드라마 <무브 투 헤븐>에서 아스퍼거 증후군이 있는 스무 살 한그루가 아버지와 함께 유품정리사로 일을 하다가 갑작스레 아버지가 사망하자 삼촌과 함께 그 일을 이어 가며 고인들의 물건을 보고 마치 퍼즐을 맞춰 가듯 고인의 소원을 해결해 가는 이야기 줄기를 가지고 있다.

아버지는 그루에게 유품을 잘 들여다보면 돌아가신 분들이 이야기를 들려주신다고 했다. 다르게 말하면 물건 하나하나는 그 물건을 소유한 인간의 욕망의 표출이고, 그의 가치관이 담겨 있고, 그의 인생이 묻어 있다. 그래서 살아 있는 우리도 그 물건을 정리하는 일이란 쉬운 일이 아니며, 결단코 간단하지 않는 것이다.

곤도 마리에는 '집 안을 정리하면 자신의 사고방식과 삶의 방식, 그리고 인생까지 극적으로 달라진다.'고 하였다. 실제로 그녀는 이 일을 하면서 그런 사람들을 많이 만났다고 한다. 어떻게 그런 일이 가능할까?

정리란 과거를 처리하는 일이기 때문이다. '정리를 통해 인생에서 무엇이 필요하고, 필요하지 않은지, 무엇을 해야 하고, 무엇을 그만두어야 하는지를 확실히 알게 되기 때문'인 것이다.

실제로 이 책을 읽고 그녀가 말한 대로 '일상의 정리'가 아닌 '축제의 정리'를 했다. 그녀가 말하는 정리란, 일상적으로 조금씩, 늘 하는 정리가 아니다. '한번에, 짧은 기간에, 완벽히 정리하는 것', 바로 축제의 정리를 일컫는다.

그래도 인간의 내성이란 대단하여 또다시 정리하지 못하는 일상으로 돌아갈 수 있다. 그러나 축제의 정리를 경험한 이는 다시 전혀 정리하지 못하는 그 이전처럼 되지 못함은 확실한 듯하다. 왜냐하면 이미 정리의 행복을 경험했기 때문이다.

길게 말했지만 그녀의 정리 법칙은 딱 두 가지다. '설레지 않으면 버려라! 자기 자리를 만들어 줘라!' 즉, 역할을 하면 자리를 만들어 배치하고, 역할이 없으면 버리란 것이다.

정리는 버리는 것에서 시작한다고 그녀는 강조하고 또 강조한다. 소유에 익숙한 우리는 버리지 못할 갖가지 이유를 갖다 댄다. '추억이 담겨 있다, 부모님이 화낼 것이다, 언젠가 쓸모 있을지 모른다'등등. 기능(필요성)으로서 이유를 만들고, 정보(유용성)로서 이유를 만들고, 감정으로서 이유를 만든다. 게다가 희소성이라는 이유까지 붙으면 그것은 절대로 버리지 못하는 것이 되고 만다. 그런데 그런 것이 너무 많다는 것이 문제이다.

너무 무거운 배는 앞으로 나아가지 못한다. 그리고 내가 얼마만큼 빠르게 나아갈 수 있는지, 또 얼마만큼 갈 수 있는지, 어느 방향으로 나아가야 하는지 분명히 알기 힘들다. 너무 많은 것은 아무것도 없는 것과 같다. 창고 안에 칫솔을 오십 개쯤 쟁여 두고 또 사러 가는 것처럼.

이것은 꼭 물건에만 적용되지 않는다. 인간관계도 마찬가지다. 세상은 많은 인맥을 자랑하며 그 인맥을 쉽게 버리지 못한다. 사람을 끊지 못하고 질질 끌려다니는 이유도 물건을 버리지 못하는 일과 크게 다르지 않다.

얼마 전, 나는 대대적인 축제의 정리를 했다. '한번에, 짧은 기간에, 완벽히!' 가지고 있는 옷의 절반을 버렸고, 대학교 때 썼던 리포트와 소설 프린트물을 몽땅 버렸고, 모든 서류란 서류는 다 검토 후 파기했다. 추억이 담긴 인형들과 소품들, 창고에 수납 후 한 번도 꺼내 보지 않은 모든 잡동사니들을 다 정리했다. 쓰레기 봉지를 몇 개나 버렸는지 잘 기억나지 않지만 엄청난 양을 버렸다.

그리고, 사람도 정리했다. 의도하진 않았으나 그렇게 되었다. 오래도록 한 가지 일을 하다 보니 일을 하면서 자연스럽게 친분을 맺는 사람들이 많이 생겨났다. 그들은 대개 필요에 의해 나에게 접근한다. 나에게 뽑아 갈 것이 있으면 머물고, 그렇지 않으면 떠나는 사람들. 그 가운데서 나는 많은 사기를 당했다. 10년을 가족같이 지낸 사람에게도, 5년을 친구로 지낸 사람에게도 토사구팽 당하는 일을 여러 번 겪었다. 그런 반복되는 경험 속에서도 인간의 감정이란 왜 그렇게 쉬이 마음을 내주는 건지. 정리하고 나면 또다시, 또 또다시 그런 사람들이 생겨났다.

한번 그런 관계가 정리될 때마다 심한 통증을 겪곤 한다. 상대는 필요에 의한 관계였지만 나는 감정에 의한 관계였으므로 회복은 쉽게,

짧게 되지 않는다. 정리는 단번에 될 수 있지만 감정은 지리멸렬하다.

이런 감정의 쓰레기통을 곤도 마리에는 잘 정리해 준다. 옷은 꼭 입기 위해 사는 것이 아니라는 그녀의 역할론. 살 때의 즐거움을 위해서, 아니면 이미 충분히 내게 행복을 주었고, 단지 지금은 그 역할을 다했으니 감사하는 마음으로 정리하면 그뿐이라는 것.

역할이란 다 제각각 달라서 나랑 잘 맞아서 끝까지 설렘을 주는 옷이 있지만, 설렘이 끝나는 옷도 있다는 것이다. 그러니 과감히 설렘이 끝난 옷은 버리면 된다는 것. 또한 하나를 샀으니 하나를 버려야만 공간이 나온다는 것. 공간이란 과거를 위해 쓰는 것이 아니라 미래를 위해 쓰는 것이라는 것.

아차! 싶었다.

공자는 정치가 무엇이냐는 질문에 '君君, 臣臣, 父父, 子子.'라 하였다. 임금은 임금답게, 신하는 신하답게, 부모는 부모답게, 자식은 자식답게, 모두가 '답게'살면 가장 이상적인 사회가 된다는 것이다.

사람의 역할도 다 제각각이다. 작게 나의 개인의 삶에 적용해 보면 나를 행복하게 하는 역할도 있고, 나를 괴롭게 하는 역할도 있는 것이다. 곤도 마리에의 말처럼 '아, 이런 스타일은 나랑은 잘 안 맞구나!'를 가르쳐 주는 옷도 있는 것이다. 그것을 알게 됐으니 과감하게 그 옷을 버리고, 다시는 그런 스타일의 옷을 안 사면 되는 것이다. 기껏 버렸는데 어이없게도 내가 싫어하는 스타일의 옷을 선물받았다고 치자. 그럼 또 추억 어쩌고 하면서 못 버리는 형국을 스스로 만든다. 선물이란 주고받은 행위에서 끝나면 될 일이다. 이미 받았으면 그건 이제 나의 것이고, 나의 선택에 의해서 다루어질 뿐이다. 이것 역시 안 맞으면 버리면 된다. 참 간단한 논리다.

세상 모든 것은 관계로 연결되어 있다. 이것이 현대사회의 모습이다. 하지만 세상에 똑같은 존재자는 없다. 사회는 동일성을 원하지만 세상은 동일성에 포착되지 않는다. 갈수록 사람들은 영토화되고, 코드화되고, 정형화에 되는 것에 반기를 든다. 인간 본성이 그것에서부터 탈주를 원한다. 그런 욕망의 작동은 갈수록 노골적이다. 이 노골적인 표현은 전 세대와 마찰을 빚곤 한다.

이 갈등에 대한 곤도 마리에의 빵 터지는 해결책은? "몰래 버려라!" 소유하고자 하는 자와 버리려는 자와의 갈등 속에서 설득이란 쉽지 않다. 그럴 때 버리려는 자는 우선 나부터, 내 것부터, 싸우지 말고 몰래, 살짝 처리하라고 말하고 있다. 깔끔해진 내 방을 보고, 그것으로 인해서 행복해진 나를 보고, 더 나아가 이로 인해 자신감과 분별력을 탑재하게 된 나를 보고 정리의 마법은 흘러갈 것이니 걱정 말란 것이다.

참 재미있는 통찰이다. 젊음은 늙음에게 말한다, 답답하다고. 늙음은 젊음에게 말한다, 걱정된다고. 이 모든 정리가 나를 향하면 금상첨화이지만 이 사회 속에서 혼재되어 들끓는 욕망의 부딪힘은 쉽게 잘 정리가 되지 않는다. 그럼에도 불구하고, 우리는 인생의 정리 컨설턴트가 되어 오늘부터, 당장 정리를 시작해야 한다. 정리의 목적은 오로지 내가 행복하기 위해서다.

> "사랑은 그대를 타작해 알몸으로 만들고,
> 사랑은 그대를 키질해 껍질을 털어 버린다.
> 또한 사랑은 그대를 갈아 흰 가루로 만들고,
> 부드러워질 때까지 그대를 반죽한다.
> 그런 다음 신의 신성한 잔치를 위한 신성한 빵이 될 수 있도록 자신의 성스런 불꽃 위에 그대를 올려놓는다."
>
> – 칼릴 지브란, 사랑에 대하여, 『예언자』

버린다는 것은 알몸으로 만드는 일이고, 껍질을 털어 버리는 일이고, 갈고 갈아 가루를 만드는 일이다. 그래서 아픔을 동반한다. 성장은 이러한 과정을 거치고 비로소 주어지는 것이고, 행복도 쉽게 주어지는 일은 아니다.

II. 거부할 수 없을 때

바틀비처럼 거절해 보기!

"하지 않는 것을 선택하겠습니다!"

필경사 바틀비처럼 우리는 하지 않음을 선택할 수 있을까? 자본주의 사회 속에서 우리는 '필요'로 '의미'를 정의한다. 존재는 하지만 아무것도 하지 않는 존재에 대해서 우리는 의미를 부여하지 않는다.

필요가 곧 의미이다. '사회화'된다는 것, 그것은 어른을 의미한다. 무릇, '어른'이 되려면 필요를 충족시킬 수 있느냐, 스스로 설 수 있느냐, 곧 독립할 수 있느냐 없느냐로 가름한다. 스스로 한 자리를 차지하지 못하면 밀려날 수밖에 없고, 쓸모없는 존재로 낙인찍혀 변방으로 밀려나야만 한다. 그런 마이너리그에서의 존재자는 이미 '의미 있음'을 상실한 존재다.

바틀비를 보면서 첫 아르바이트가 떠올랐다. 작은 건축 회사였는데 따분하고, 넌더리 나고, 권태로운 일들로 가득한 날들이었다. 매일같이 타이핑 작업을 하고, 똑같은 것을 입력하고, 입력한 것이 틀린 게 있나 없나를 검토하는 일들의 반복이었다. 아무런 말도 필요 없었고, 하루 종일 컴퓨터 모니터만 바라보고 있어야만 했다. 눈과 손의 바쁜 움직임만 있을 뿐인 공간! 타닥타닥, 타닥타닥, 공기 중에는 오로지 자판 소리만 떠다닐 뿐이었다. 가끔씩 자판 소리를 가로질러 한숨 소리가 새어 나온다.

비전공 영역이라 용어도 생소했다. 아무도 알려 주지 않은 채 지시만 떨어졌다. 이 사람, 저 사람 자신이 하는 일들의 잡다한 일들을 시켰다. 이걸 하고 있으면 저걸 시켰고, 또 그걸 하고 있으면 다른 일을 시켰다. 하나를 채 마무리하기도 전에 다른 일을 시키기 일쑤라 어떤 일도 집중하여 잘 해내기가 버거웠다. 그러다 실수를 하거나 일이 늦어지면 불려 가 야단을 맞았다. 이 단순한 일도 하지 못하냐며!

그중 가장 힘든 일은 야근과 술자리 참석이었다. 야근 수당 같은 건 제대로 받지도 못하면서 그들이 야근을 하면 뒤치다꺼리를 위해 함께 있어야만 했고, 야근 후에는 야식을 핑계 삼아 술자리에 참석하고 새벽녘에나 귀가할 수 있었다. 늦은 귀가로 그들은 낮에 졸기 일쑤였고, 일에 차질이 빚어지면 또 야근을 했다.

그때 나는 어렸고, 부조리에 대한 의견을 내세울 수 없는 입지였다.

물론 그때의 나는 일에 대해서 서툴고, 실수가 많았을 것이고, 그들의 성에 차지 않았을 것이다. 어쩌면 나의 노동에 대한 대가가 한없이 아까웠을지도 모르겠다. 제일 잘할 수 있는 것이 야근하는 그들을 위해 커피를 타고, 술자리에 참석해서 웃음조 역할을 하는 것일지도 모른다. 생각보다 그 일을 묵묵히, 인상 쓰지 않고 잘 해냈다. 한 학기, 한 학기 버거운 등록금을 내야 했고, 생활비를 마련해야 했다. 그 당시 내가 할 수 있는 가장 큰돈을 벌 수 있는 아르바이트 자리를 놓치고 싶지 않았다.

휴학을 한 상태였고, 어렸고, 더 좋은 조건의 일자리를 구할 수 있는 처지가 아니었다. 어딘가에 필요한 존재가 되고 싶었고, 어딘가에서 나를 불러내 주었으면 좋겠다는 생각이 간절했다. 그게 커피 심부름이든, 뭐든 말이다. 그래서 묵묵히, 창백하게, 기계적으로 일을 했다. 마치 바틀비처럼. 그리고 마침내, 말했다. "일을 그만두겠습니다." 그 이후로의 삶은 뭐, 당연, 힘들었다.

하지 않는 것을 '선택'한다는 일은 쉬운 선택이 아니다. 아무것도 하지 않으면 아무것도 아닌 존재로 느껴지는 것을 참아 내야 한다.

사방이 벽으로 둘러싸인 바틀비의 사무실. 한쪽 벽엔 화자인 변호사가, 또 다른 벽엔 바틀비를 비롯한 세 명의 필경사가 붙어서 일을 한다. 삭막한 이 공간에서 약간 어리숙해 보이기도 하고, 인정스럽게 보이기도 하지만 결국은 자본주의의 계급 제도를 대변할 수밖에 없는 가장 높은 계급의 변호사는 이 세 명의 필경사들을 관찰한다. 특히 이상한 바틀비를.

두 명의 필경사는 변호사의 마음에 늘 흡족하지 않다. 그러나 쫓아낼 명분까진 제공하지 않는다. 그래서 또다시 바틀비를 고용하지만 그는 변호사의 생각에 당연히 해야 할 일마저 거부한다. 게다가 퇴근을 하지 않고 사무실에서 숙식을 해결하기까지 한다.

바틀비를 도저히 허용할 수 없었던 변호사는 그를 해고하지만, 해고 역시 거부한다. 한 번도 만나 보지 못한 캐릭터라 변호사는 당황할 수밖에 없었다. 더군다나 고용주의 명령에 늘 '하지 않는 것을 선택하겠다'는 그의 답변은 이 사회에 제대로 적응한 화자를 그야말로 멘붕 상태로 만들었을 것이다.

고민 끝에 변호사는 사무실을 팔아 버리고 다른 곳으로 이사를 감행한다. 그런데도 바틀비는 고집스럽게 그곳에 남아 있었다. 결국 바뀐 주인은 바틀비를 감옥으로 보낸다. 변호사는 그런 바틀비를 가만히 두고 볼 순 없었는지 바틀비를 찾아가 보기도 하며 그가 어떻게 되었는지 그의 소식을 꾸준히 알아본다. 결국 바틀비는 워싱턴의 배달 불능 우편물 취급소의 정부 관직에서 시작하여 가난한 필경사로 일하다가 뉴욕의 시 교도소에서 참담한 죽음을 맞이한다.

결혼을 하고 둘째 아이가 태어날 무렵 한동안 나의 일을 그만두고, 남편의 일을 도왔다. 그러는 사이 나의 경력은 단절되었다. 아이도 둘이나 되어 전공 일을 다시 찾기엔 쉽지 않았다. 그래서 겨우겨우 찾은 일자리가 비정규직 초등학교 강사였다. 이곳에서 다시 그 옛날 스무 살의 내가 또다시 돌아왔다. 박봉과 더불어 비정규직이라는 이방인의 대우를 견디는 일은 쉽지 않았다.

일을 잘하면 내 책상에 일거리가 무한정 쌓이고, 일을 못하면 재계약을 못할 것이란 압박이 왔다. 한동안 나 자신을 잃고 다시 스무 살의 그 옛날 내가 되어 버벅거렸다. 하지만 서른이 지난 나는 많이 바뀌었는지, 10년이란 시간 동안 거절을 배웠다.

말도 안 되는 일을 떠넘기며 과격하게 분노하는 부장 선생님에게 길고 긴 손 편지를 썼다. 나만의 거절 방법이었다. 바틀비처럼 직설적인 방법은 이 사회에서 살아남지 못한다는 사실을 몸소 알게 된 서른의 나였다. 우회적이고, 부드러운 거절법을 연마한 것이다. 내가 할 수 있는 것은 최선을 다해 도와 드리지만 말도 안 되는 일에 대해선 명확하지만 부드럽게 하나하나씩 거절했다.

컴퓨터를 할 줄 모른다며 늘 일을 떠넘기는 나이 지긋한 선생님에겐 시간이 걸리더라도 하나하나 가르쳐 드렸다. 맞춤법을 잘 안다며 교지 편집을 은근히 떠넘기는 교지 담당 선생님께는 맞춤법 책을 선물하며 최종 점검만 해드리겠다고 대답했다. 성과를 많이 만들어 내기 위해 서류를 조작하는 선생님에게는 실제로 학생들에게 단시간에 가능한 방법들을 모색하여 가능하면 거짓이 아닌 실제 서류를 만들 수 있도록 도왔다.

내가 할 수 없는 것에 대해 속으로 괴로워하기보다 내가 할 수 있는 것들을 하며 완곡한 거절법을 습득하였다. 거절하면 안 될 것 같은 모든 상황들이 의외로 잘 정리되었다. 당연히 일을 떠넘기던 그들이 더 좋은 방법이 없을지를 의논해 왔다. 부탁을 할 때도 한 번 더 정중히 상황을 살폈다.

거절은 '내 마음'과 '네 마음'을 한꺼번에 잡을 수 있게 했다. 진정한 동료가 되게 만들었다.

12. 사는 게 무료해질 때

따지지 말고 일이나 합시다!

"세상이 고수에겐 놀이터요, 하수에겐 생지옥이지."

영화 〈신의 한 수〉에서 눈먼 바둑 고수의 뼈 때리는 한 문장이다. 영화를 보다 말고 나는 고수인가, 하수인가를 생각하게 된다.

콩트철학의 대가 볼테르의 『캉디드』에서도 이와 같은 문장을 발견한다. 주인공 캉디드가 세상을 두루 경험한 카르탱에게 묻는다.

"이 세상은 도대체 왜 만들어진 걸까요?"
"우리들 울화통을 터뜨리려고요."

마르탱의 대답에 순간 웃음을 터뜨렸는데, 조금 뒤엔 말할 수 없는 탄식이 뒤따른다.

사실 우리는 인생의 대부분을 생지옥에서 울화통을 터뜨리며 살아

가지 않을까? 그 울화통의 강도와 너비와 깊이는 개개인마다 다르겠지만 '울화통이 터지'는 그 느낌만큼은 똑같이 진실일 것이다.

'저 인간은 아무래도 나의 울화통을 터뜨리려고 세상에 태어난 게 분명해!' 하는 생각이 드는 인간도 꼭 한 명쯤 내 옆에 있다. 생지옥이 아닌가 싶은 상황들은 인생 곳곳에 숨겨져 있다. 늘 우리의 삶이 생지옥은 아닐지라도 신음 소리가 절로 나는 순간들을 만나는 게 인생이다. 상황과 사람을 통해서 우리의 경험치는 날로 날로 늘어 가고, 그 경험치로 인해서 우리의 대처법도 한결 더 지혜로워진다. 그리하여 공자가 말한 것처럼 어느 나이쯤엔가 불혹이 되고, 지천명이 되고, 이순이 되어 마침내 종심소욕이 될 때쯤에는 생을 마감해야 한다.

아, 이제 좀 세상이 놀 만해졌구나! 하는 순간 가야 하는 것이 우리의 인생이지만, 한편으로는 나의 인생의 시간을 놀이로 만드는 것은 결과적으로 나의 선택이다.

공자가 말한 그 모든 것이 꼭 그 나이가 되어서 이루어지진 않는다. 공자가 살았던 시대의 나이의 개념과 현재의 나이의 개념이 상이하듯이 개인의 삶에 따른 나이의 경험치도 달라서 그 나이에 이룬 것들이 다 각자가 다를 것이다.

나이가 들어 간다는 것은 더 이상 열정적이기 힘들다는 말과 같다. 마음은 이팔청춘이라고 말들은 하지만 실제로 그렇게 말하는 어른들을 보면 예전처럼 일하기 싫고, 무얼 하든 예전처럼 좋지도, 설레지도 않다고 말을 한다.

몸도 마음도 예전 같지 않으니, 예전처럼 목표를 향해 최선을 다할 수 없다. 최선을 다하는 열정이란 젊음의 특권이다. 몸과 마음의 균형을 이루어야만 남은 시간을 본연의 나를 유지하며 잘 살 수 있는 것이

음이 사라져 가는 이의 모습이다.

젊었을 때는 일과 놀이의 균형 있는 삶을 살기 위해 골몰했다. 생존과 꿈의 중간 즈음을 걷기 위해 노력했다. 그렇게 노력하고 균형을 맞추다 보니, 결국 균형이란 죽음과 가까워지는 것임을 느끼게 된다.

젊음이란, 균형적이지 않는 삶이다. 열정은 균형과 거리가 멀다. 그것 외에 아무것도 보이지 않는 눈은 젊음만의 특권이다. 나는 공자가 말하는 불혹에는 아직 이르지 못한 것 같은데, 나도 모르게 균형을 맞추는 삶을 살고 있다. 그토록 바라던 균형을 말이다.

다 해 보았기에 부럽진 않다. 다 해 보았기에 돌아가고 싶진 않다. 흰머리가 하나씩 올라올 때마다 생각한다. 뽑지 않을 거야. 어떻게 생기게 한 흰머리인데! 나의 모든 젊음의 불협화음과, 젊음의 고통과, 온갖 울화통을 견디며 만든 흰머리인데 내가 왜 뽑아!

『캉디드』를 읽다 보면 어떻게 이런 절망스러운 이야기를 이다지도 유머스럽게 쓸 수 있는지, 다시 한번 볼테르의 콩트철학에 놀라지 않을 수가 없다. 결국 볼테르는 인간이 생의 고통을 이길 수 있는 방법은 유머를 찾아내는 힘이란 말을 하는 듯하다.

버림받음, 폭력, 전쟁, 배신, 죽음의 위기. 캉디드는 인간이 느낄 수 있는 대부분의 고통의 한 가운데 놓여 있다. 그런데 이 소설에 나오는

인물들은 마치 누가 누가 더 불행한가를 내기하듯 고통스럽다. 한쪽 궁둥이가 잘린 노파를 비롯해서 어느 한 명 평탄한 인생이 없다. 그래서 이 소설은 죽었다가 살아나는 불사신의 캐릭터가 많다. 그것은 어쩌면 육체적 죽음이 아닌, 심리적 죽음이 아닐까! 우리는 한 번 죽지만, 이미 여러 번 죽었다. 그러나 불사신처럼 또 살아나고, 또 살아나 진짜 죽음을 맞는다. 그래서 카캉보는 캉디드에게 말했던가! '좋은 일은 안 생겨도, 새로운 일은 생긴다!'이 긍정적 현실주의자는 새로운 유머로 현실에 순응한다. 그가 삶을 이기는 방식이다.

수많은 고난과 역경을 겪고, 결국 캉디드는 사랑하는 여자와 친구와 자신만의 정원을 얻게 된다. 그러나 여전히 만족스럽지 않다. 그토록 갈구했던 여인, 퀴네공드는 단지 험악한 아줌마일 뿐이다. 믿고 따랐던 스승, 팡글로스는 현실 앞에서 자신의 신념을 버렸다. 지금껏 캉디드가 붙잡고 살아온 인생의 목표, 방향 그 모든 것이 와르르 무너져 버렸다. 더 이상 어디로, 어떻게 달려가야 할지 갈 바를 알지 못하고 있을 때, 한 농부노인을 만난다.

> "일은 우리에게서 세 가지 악을 쫓아 준다네. 권태, 방탕, 가난 말이세."

세상은 왜 이렇게 부조리한지, 왜 사람이 사람에게 이토록 잔인한지, 왜 우리의 마음은 이렇게 쉽사리 바뀌는지……. 그 모든 것을 생각하느라 골머리가 아픈 캉디드에게 그는 그가 그렇게 열심히 일하는 이유를 이같이 말한다.

때때로 우리는 일이 너무 하기 싫어진다. 언제까지 이렇게 해야 하는지, 언제까지 버틸 수 있을지, 일의 의미를 알지 못한 채 그냥 먹고 살기 위해 일을 한다. 그러니 삶은 권태롭고, 방탕해지기 쉬우며, 게다가 가난하기까지 하다. 고통의 연쇄가 끊이질 않는 이 굴레를 끊고만 싶어진다.

농부노인을 만나고 캉디드의 모든 고민은 해결된다. 자신이 챙겨야 할 친구들에게 돌아가 말한다.

> *"괜히 따지지 말고 일이나 합시다. 일하는 것이야말로 삶을 견딜 수 있게 만드는 유일한 방법입니다. 좌우간 이제 우리는 우리의 정원을 일구어야 합니다."*

세상의 부조리와 타의 고통에만 눈이 가 있으면 우리는 삶을 사는 게 아니라, 연명하는 것이다. 비웃지 말고, 탄식하지 말고, 저주하지 말고 인식하라. 나는 단지 나의 정원을 일구면 된다.

젊음의 시간엔 때로 균형을 생각하지 말고, 이것저것 따지지 말고, 오로지 일에 몰입해 보라고 말하고 싶다. 그래야만 고수가 되고, 그런 시간이 있었기에 '더 이상 하기 싫음'이 오며, 다시 돌아가고 싶다는 생각이 들지 않는다.

13. 모든 것이 무의미하게 느껴질 때

끊임없이 갈등하며 중간 지점을 찾아라

2023년 7월 11일, 밀란쿤데라가 세상을 떠났다. 대학에 들어가 그의 책을 가슴에 품고 다니는 게 뭔가 대학생스러웠던 포만감을 주었던 작가. 그가 죽은 날, 나는 홀로 그의 죽음을 추모하며 『무의미의 축제』를 샀다.

"정의는 단두대가 되면 안 되고, 화해는 면죄부가 되면 안 된다."는 그의 생각이 지금 생각해도 가슴이 뜨거워지는데 이십 대 피 끓는 나에게 그는 동경 이상의 그 무엇이었다. 가볍지도, 무겁지도 말고 그 중간 지점을 끝없이 찾아간 그. 단순함을 경계하면서도 무의미를 논하는 그.

"그래서 뭐 어쩌라고?" 하는 생각이 들지만, 그는 우리에게 답을 주기보다 답을 생각해 보게 한다. 그런 그가 한없이 매력적으로 느껴진다. 그의 프로필처럼(체코슬로바키아에서 태어났다. 1975년 프랑스에 정착하였다. 이렇게 딱 두 줄!) 참 폼 난다.

인생이란 참 우습다. 무겁고 진지한 것, 거대한 담론이 인생을 대단히 바꿀 것 같지만 그러지 못할 때가 많다. 오히려 아주 가벼운 말 한마디, 글 한 줄이 치명적으로 인생을 다르게 바꾸기도 한다.

우리 삶에서 삶을 크게 결정할 것 같은 수많은 말들이 떠돌아다닌다. 언어의 욕조에 빠진 것처럼. 수많은 생각들이 무수한 시니피앙으로 남아 우리를 짓누르고 괴롭힌다. 그런데 사실 거시적 문장은 의외로 나에게 큰 데미지를 남기지 못하는 것 같다. 오히려 아주 사소한 말 한마디가 심각한 트라우마로 남을 때가 많다.

결혼 초기에 시어머니께 그런 말을 들었다.

"너 때문에 우리 아들과 멀어졌어. 넌 큰 애처럼 외조를 잘하는 것도 아니면서 우리 아들을 쥐락펴락하는 건 좋아하니?"

사람이 사람을 이토록 미워할 수도 있구나, 하는 생각을 그때 처음 했다. 그때 뱃속에 아들이 있었는데, 순간 큰 충격으로 유산을 할 뻔했다.

새로운 무언가를 좀 하려고 계획을 엄마에게 말하면 "그게 되겠니? 네가 그렇게 잘났니?" 하며 한순간에 기를 꺾어 버리는 나의 엄마.

그런 숱한 비수들. 그런 말들로 인생은 조금씩 다른 방향으로 흘러간다. 밀란 쿤데라의 소설『농담』에 나오는 주인공 루드빅처럼.

그는 짝사랑하던 여인에게 보낸 편지에 한 줄의 농담을 하는데, 그로 인해 그의 인생은 완전히 다른 방향으로 틀어져 버린다. 그 농담은 그의 15년의 삶, 어쩌면 평생의 삶을 송두리째 흔들었다.

부모가 자녀에게 하는 말 한마디는 자크 라캉의 말처럼 '꽂아 주는 시니피앙'이 되어 어쩌면 평생의 지표가 되는 S1이 될지도 모른다. 다행히 '넌 사랑받을 만한 사람이야!'는 말이 꽂혔을 때, '넌 뭘 해도 안 되는 사람이야.'는 말이 꽂혔을 때와는 판이한 결과가 나타날지도 모른다.

그러나 그 모든 말들이 우리에게 다 S1이 되진 않는다. 못 자국을 남기는 말이 되진 않는다. 자신이 그 말에 의미를 담아 붙잡아 두었을 때 나를 흔드는 무언가가 된다. 아주 어린 날, 내가 기억하지 못하는 그 어느 무의식의 깊은 곳에 박혀 있는 그것조차도 어쩌면 지금 내가 그것을 따르기로 선택한 결과라 여겨진다.

내 속에 있는 무수한 상처의 말들. 상처로 붙잡아 둔 말들은 나 스스로 그 하나하나에 의미를 눌러 담았다. '왜 그렇게 말했을까? 어떻게 그럴 수가 있을까? 의도가 뭘까?'

모든 것에 의미를 가득 담는다면 삶은 너무도 무거워진다.

그 모든 의미, 무거움에서 벗어나니 삶은 한결 가벼워졌다. 어머니의 말, 엄마의 말에 묶이지 않고, 어두운 생각에서 나올 수 있었다.

인생은 이렇듯 의외성으로 가득 메워져 있다. 그러기에 인생은 항상 막다른 골목 같으면서도 재미난 보물찾기다.

무의미의 축제라니!

제목에서부터 가벼워진다.

"저항할 수 있는 길은 딱 하나, 세상을 진지하게 대하지 않는 것뿐이지."

40이 넘도록 무의미가 의미를 이길 수 있음을 생각지도 못했다. 무의미가 무기가 될 수 있음을 몰랐다. 언제나 모든 것에 의미를 부여하고, 의미를 발견하지 못하면 움직이지 않던 나는 1분도 허투루 쓰지 않고 살려고 노력했다. 조금의 시간도 무의미하게 흘려보내는 것은 낭비라 여겼다.

'만인에 대한 만인의 투쟁' 같은 이 세계. 그렇게 투쟁하듯 젊음을 살았다. 도태는 죽음이라 여겼다.

그러나 어느 순간, 모든 것을 내려놓고 한적한 공원을 거닐며 한껏 무용함의 공기를 들이마시는 시간이 소중해졌다. 아무 생각 없이 모닥불을 보고 있는 멍한 시간이 필요함을 알게 되었다. 사실 '하찮고 의미 없다는 것은 우리 존재의 본질'일지도 모른다. 그것은 실로 '지혜의 열쇠이고 좋은 기분의 열쇠'라는 생각이 든다.

결국 유용함, 의미를 부여하기 위해선 먼저 무의미를 알아야 한다. 무용함의 유용함이 느껴질 때 유용과 무용의 구분은 모호해진다. 둘은 붙어 있다.

우리의 삶에서 매일 의미만 찾을 수는 없다. 사람이 어떤 행동을 취하는 에너지는 두 가지에서 나온다. 의미와 재미. 무언가를 지속적으로 할 수 있는 동력은 이 두 가지에서 나온다.

의미만을 좇다간 번아웃이 온다. 사람을 잃을 수도 있다. 관계가 깨어지기도 한다. 삶은 고단하고 무거워진다. 그래서 우리는 동시에 재미를 찾아야 한다.

그런데 재미에 있어선 좀 생각할 점이 있다. 모든 건, 심지어 사람도, 유통기한이 있어서 재미란 쉬이 사라지곤 한다. 낯설고 설레는 시간이 지나면 재미는 이내 사라지곤 한다. 재미가 사라진 자리에 의미가 남을 때도 있다. 그 두 가지가 다 휘발되고 나면 그곳을 떠나야 한다. 그냥, '아~ 유통기한이 끝났구나' 하며 엉덩이를 탈탈 털어야 한다.

의미가 사라지면 한없이 허탈하고, 삶 자체가 무의미로 가득 차 버린다. 재미가 사라지면 삶은 한없이 무료해진다. 그때 무의미는 빛을 발한다. 무의미 자체를 가지는 것. '무의미의 축제'를 즐기는 태도. 그러한 시간을 그저 보내고 나면 그 속에서 또 다른 의미와 재미가 솟아난다. 왜냐하면 사실 의미란, 존재하는 것이 아니라 내가 부여하는 것이니.

무의미를 놓아 다니게 하면 많은 것이 의미로 다가온다. 모든 무의미는 사실 모두 다 의미가 될 수 있다.

세상과 어울리는 시간

1. 진짜와 가짜가 헷갈릴 때

오래 보면 알게 된다

강릉에 '월성회관'이라는 카페가 있다. 아주 허름한 건물을 리모델링하여 1층에서는 카페를, 2층에서는 민박을 운영한다. 레트로 감성의 이 카페는 인스타그램에서 핫한 카페가 되어 인기를 끌어 외진 곳에 있어도 예약하지 않고 하룻밤 자는 것은 힘든 일이 되었다.

이 카페가 이렇게 이름을 날리게 된 것은 바로 가짜 '달'이 한몫했다. 가게 입구에 커다란 보름달이 있다. 낮에는 별로 볼품이 없지만, 밤에 보면 마치 진짜 보름달을 배경으로 찍은 듯한 사진을 연출할 수 있다. 그래서 사람들은 이 사진을 위해 강릉까지 달려간다. 연인과 가족과 친구와 함께. 인생의 가장 행복한 한때를 장식하려고.

일본의 한 사진관에서 초승달 모양의 가짜 달을 만들어 놓자 그곳에서 사진을 찍는 것이 유행한 적이 있었다. 한껏 포즈를 잡으며 행복한 얼굴로 가족 혹은 연인과의 추억을 사진으로 남기는 사람들이 많았다.

이런 일 때문이었는지 기쿠다 미쓰요는 '종이달'로 소설을 썼다. 이 소설에서 종이달은 짝퉁, 위선, 모조품, 진짜로 보이지만 진짜가 아닌 가짜를 상징한다. 그러나 동시에 내 인생 최고의 행복한 때를 의미하기도 한다. 마치 칠흑 같은 인생에서 밝은 달이 뜬 것과 같은 슬프고도 아름다운 한순간, 인생을 살면서 누구나 한 번쯤 가장 빛났던 시간일 것이다.

소설에서는 41세의 주부 우메자와 리카가 별달리 어려움 없이 자라 평범한 가정을 꾸렸으나 점점 삶에 회의를 느끼고 계약직으로 은행에서 근무하다가 1억 엔이라는 큰 돈을 횡령하고 도주하게 된 이야기를 다루고 있다.

횡령이라는 범죄를 도저히 저지를 것 같지 않던 리카가 한순간, 지금껏 한번도 해 보지 않았던 일을 하게 되고, 점점 더 그 일은 눈덩이처럼 커져 버린다. 나중에는 수습 불가능한 상황까지 되어 버리자 리카는 이제 본격적으로 철두철미하게 횡령을 저지른다.

"돈이라는 것은 많으면 많을수록 어째선지 보이지 않게 된다. 없으면 항상 돈을 생각하지만, 많이 있으면 있는 게 당연해진다. 100만 엔이 있으면 그것은 1만 엔이 100장 모인 것이라고 생각하지 않는다. 거기에 처음부터 있는, 무슨 덩어리 같은 것이라고 생각한다. 그리고 사람은 부모에게 보호받는 어린아이처럼 천진난만하게 그것을 누린다."

큰돈을 써 보며 살아 보지 않았던 리카. 형편에 맞는 옷을 사 입고, 수입에 맞는 외식을 하고, 성적에 맞는 대학을 가고, 주어진 현실에 맞는 직장을 다녔다. 큰 욕심 없이 살았던 리카가 단 한 번도 해 보지 않은 큰돈을 써 보며, 경험하지 못한 세계에 발을 들여놓자 아주 짧은 시간에 익숙해져 버렸다. 100만 엔쯤은 아무렇지 않게 쓸 수 있는 사람이 되는 것은 오래 걸리지 않았다.

어린 연인과 함께하는 달콤한 시간은 이십 대의 시간을 마치 보상해 주는 듯했다. 공상하고, 상상했던 일은 점점 더 일상이 되어 갔다. 리카가 무슨 돈이 있겠냐며 계산을 자신이 했던 남편도 어느덧 리카가 계산하는 걸 당연하게 여겼고, 어린 연인 고타는 밥 한 끼 얻어먹는 것도 힘들어하다가 어느새 데이트 비용은 당연하고, 자신의 여행 경비나 월세 등 생활 비용까지 리카가 지불하는 걸 당연히 여겼다.

행복이란 무엇일까?

리카는 그렇게 모든 것을 다 해 보고 난 후에야 생각한다. 이전에는 남편과 한 달 월급을 받은 날, 소소한 식당에서 외식을 하고 걸어오는 밤공기조차 행복으로 느껴졌는데, 처음 자신이 횡령한 돈으로 모든 것을 다 했을 땐 만족감을 넘어 만능감을 느꼈는데, 이제는 무얼 해도 행복하지 않았다.

소설에는 리카 외에도 리카를 둘러싼 여러 유형의 인물이 나온다. 과도한 근검절약파로 가족들과 멀어지는 유코, 쇼핑 중독으로 남편에게 이혼당하고 한 번씩 보는 딸과의 관계를 돈으로 해결하려다 딸의 마음을 결국 잃게 되는 아키, 부유했던 어린 날을 그리워하며 남편의 수입에 항상 불만을 가지다 쇼핑중독으로 큰 빚을 지게 된 마키코.

돈이 가진 무서운 면과 달콤한 면을 다양한 인간 군상으로 보여 주고 있다.

살아가며 우리의 행복을 좌우하는 가장 큰 요소, 혹은 우리에게 스트레스 요인으로 작용하는 것은 크게 두 가지이다. 바로 사람과 돈이다. 사람과의 교제가 서툰 사람은 대개 돈과의 교제법도 서툴다. 이 소설의 그녀들은 모두 돈 이전에 사람과 소통이 되지 않았다. 사람이 원인이고 돈이 결과처럼 보인다. 뒤집어 생각해 보면 돈 쓰는 걸 보면 인간관계가 보이기도 하는 것이다.

리카가 만약, 남편과의 관계에서 속으로 삭이는 모든 생각들을 솔

직하게 말했더라면, 그래서 젊은 연인 따위를 만나고 싶다는 생각을 하지 않았더라면, 리카는 도주범이 되어 허망한 죽음을 맞지 않았을지도 모른다.

유코, 아키, 마키코 다들 그들의 지출은 사람과의 관계에서 발생한다. 어른이지만 아직 과거에 붙들려 있고, 현실과 욕망의 괴리를 좁히지 못한다.

아이에서 어른으로 자라간다는 것은 내가 할 수 있는 것과 내가 할 수 없는 것을 구분할 줄 아는 것, 가짜와 진짜를 구분할 수 있는 것, 가장 빛나는 순간은 지속되지 않고 지나간다는 사실을 아는 것이지 않을까!

진짜를 구분할 줄 아는 힘이 어른의 좌표라기엔 가짜가 너무나 판치는 세상에서 진짜를 구분해 내는 일이란 어른이 되어도 쉽지 않다. 심지어 가짜는 더욱 진짜 같고, 더욱 매혹적이다.

펜을 찍어 놓은 사진을 보면서 아무도 '펜 사진이네'라고 하지 않고, '펜이네!'라고 한다. 그러나 실제로 그걸 펜이라고 생각하진 않는다. 펜 사진과 실제 펜을 클로즈업하여 보면 어떤 게 사진이고, 어떤 게 실물인지 알기 힘들다. 그러나 순간을 포착하지 않고, 오래 지켜보면 진짜는 표가 난다. 사람이나, 사물이나.

가짜가 빛나게 판치는 세상에서, 종이달이 달보다 인기를 누리는 세상에서 진짜를 알아보는 능력은 조급한 아이의 습성을 버리고, '오래

보는 힘'을 기르는 것이지 않을까.

뒤집어 생각해 보면 '가짜'가 있기에 '진짜'가 생겨난다. '진짜'의 가치를 높여 주는 것은 결국 '가짜'이다.

그런데, 가짜가 주는 위로를 우리는 포기하기 쉽지 않다. 「마지막 잎새」로 죽음의 고통을 이겨 낸 존시에게 그 가짜 담쟁이덩굴 잎은 어떤 의미였을까? 월성회관 앞의 달을 배경으로 찍은 사진 한 장으로 다시 그때의 즐거운 시간을 소환하는 가족들에게 그 달의 의미는 어떤 것일까? 많은 가짜들이 우리에게 위로를 주는 것은 또 어쩔 수 없는 '가짜의 필요'이다.

그러나 아름다움에 매혹되어 그것만 쫓아가다 보면 진짜를 상실하게 된다. 가짜란 결국 진짜가 있기에 생겨난 모조품일 뿐이다. 오래 보면 가짜는 들통난다. 사람이나, 물건이나.

2. 현실이 싫어질 때

그래도 환상을 믿고 싶어

최근 드라마들 중에서 저승 세계, 혹은 상상의 세계에 대한 이야기가 많다. 공유라는 배우가 도깨비로 나온 드라마를 비롯하여 현대판 신선이 나오기도 하며, 저승사자인 주인공이 엄청난 괴력을 써서 악의 세력을 물리치는 그런 이야기들이 인기가 있다.

영웅에 대한 우리의 사랑은 끝이 없다. 현실의 모든 악의 세력을 물리쳐 주는 영웅. 우리가 어린 날에 본 모든 영웅들이 한데 모여 나오는 어벤저스는 아이들뿐만 아니라 성인에 이르기까지 큰 인기다.

그런 영웅의 일대기는 고대 신화에서부터 비롯되며 현재에까지 지속되고 있다. 기이한(특이한) 출생, 비범한 능력, 시련을 겪고 자신의 그 능력과 조력자의 도움으로 시련을 극복하여 행복한 결말에 이른다는 이런 구조.

우리가 이토록 저승 세계에 관심을 가지고 영웅의 탄생을 기다리는 이유는 무엇일까? 아마도 지금의 이 현실이 너무도 힘들기 때문일 것이다. 단테가 『신곡』을 썼을 때 사람들은 열광했다. 자신의 삶이 너무 힘들기에 천국을 기대하며 천국편을 읽었을 것이고, 지옥편을 읽으며 현실에서 나를 괴롭히는 누군가가 벌을 받고 지옥에 떨어지는 그런 상상. 생각만으로도 짜릿하고 고소하다.

현실에 없는 권선징악이 통하는 세상. 참으로 살고 싶지 않은가.

착하면 복을 받고 악하면 벌을 받는다는 구조가 철저히 지켜지는, 그야말로 '착한' 세계는 드라마나 고전 소설에서는 흔한 일이다.

고대로부터 인간은 이야기를 만들어 내면서 두려움을 이겨 냈고, 현실을 극복했다. 인간만이 해낼 수 있는 유일한 능력, 바로 상상이다.

이야기를 보면 우리가 선악을 어떻게 바라보는지 엿볼 수 있다. 실제 세상은 선악이 명확히 구분되지 않고, 오히려 악이 승승장구하는 경우가 흔하다. 그러기에 우리는 이야기 속에서라도 선의 승리를 응원한다. 그런데 그 악의 전형적 인물이 갑자기 어떠한 계기로 변하여 착해지기도 한다. 과연 우리는 그것을 바랄까?

옹진골 옹당촌에 옹고집이라는 사람이 살았다. 성질이 고약하고 인색해서 팔십 노모가 냉방에 병들어 있어도 돌보지 않았다. 월출봉비치암에 도통한 도승이 사연을 듣고 학대사를 보내 옹고집을 질책하려 했으나, 오히려 매만 맞고 돌아온다. 도승이 이에 옹고집을 징벌하기로 하고, 허수아비에 부적을 붙여 가짜 옹고집을 만들어 둘이 서로 진짜라고 다투게 된다.

옹고집의 아내와 자식이 나섰으나 누가 진짜인지 판별하지 못해 관가의 원님에게 판결을 청하게 되고, 진짜 옹고집이 곤장을 맞고 내쫓겨 걸식을 하는 신세가 된다. 진짜 옹고집은 온갖 고생을 하며 지난날의 잘못을 뉘우친다. 이에 도승이 나타나 부적을 주면서 집으로 돌아가길 권한다. 집에 돌아와 부적을 던지니 가짜 옹고집은 허수아비로 변한다. 진짜 옹고집은 이를 계기로 새사람이 되어 착한 일을 하고 살았다.

「옹고집전」은 작자와 연대가 미상인 고전 소설로, 국문 필사본이 전해지고 있다. 원래는 판소리 열두 마당 중 하나였다고 하지만 현재 판소리로는 전해지지 않는다.

동냥 온 중을 괄시해서 화를 입게 되었다는 설정은 '장자못 이야기'와 비슷하다. 가짜가 와서 진짜를 몰아내게 되었다는 줄거리는 '쥐를 기른 이야기'와 같다. 이처럼 설화를 적극 수용한 것은 판소리계 소설의 일반적인 특징과 연결된다.

옹고집이라는 인물은 놀부와도 상통한다. 조선 후기 화폐경제가 발달하면서 오직 부의 축적에만 몰두하여 윤리 도덕을 저버린 부류가 나타나자, 이에 대한 반감이 반영된 결과라 할 수 있다.

「흥부전」과 비교한다면 설정과 수준이 단순하다고 할 수 있다. 작품 전개에 도술을 개입시켜 현실감을 살리지 못한 편이고, 과장이나 말장난에서 흥미와 웃음을 찾으려고 했다. 이후 좀 더 사실적인 소설들이 등장하자, 이런 특징 때문에 독자의 관심을 끌지 못했을 것으로 추정된다고 이 작품을 평하곤 한다.

그러나, 정말 그게 다인가? 판소리에서 과장과 말장난은 흔한 일이고, 도술과 같은 비현실적 요소도 빈번하다. 비현실적이라면 인당수에 몸을 던져 자살한 심청이가 조개에서 태어난 아프로디테처럼 연꽃에서 다시 태어나는 「심청전」만 하겠는가! 박에서 금은보화가 쏟아지는 「흥부전」은 또 어떤가! 사람들은 오히려 이런 도술적인 면에 열광했을 것이다.

왜 「옹고집전」은 판소리 열두 마당에서 밀려났을까? 악했던 자가 반성하는 것을 우리는 용납하지 않는다. 나쁜 놈은 반드시 벌을 받아야 하고, 반성 같은 건 절대 하면 안 된다. 이렇게 훈훈해지는 것은 다큐멘터리에나 있어야 한다. 인기를 끈 판소리계 소설들의 주제는 한결같이 '권선징악'으로 종결된다.

이런 판소리를 용서할 수 없는, 도저히 찬성할 수 없는 조선 백성들의 고단함이 이해된다. 오늘날 우리 또한 그 조선의 날들과 별반 다르지 않다는 생각이 오늘날의 드라마를 보며 생각하게 된다. 도술을 부리는 드라마 속 주인공들이나, 고전 소설 속 주인공들이나, 신화 속 테세우스나, 헤라클레스나 모두 한 가지인 것이다.

그러나 삶은 그다지 선과 악의 구분이 명확하지 않다. 오히려 삶은 옹고집과 같은 이가 일반적이다. 더 자세히 보자면 옹고집이 뭐 그리 나쁜가? 하는 생각마저 든다.

조선 후기 사회에서 돈의 흐름을 알아차리고 과도한 공맹사상을 비판한 신진 세력일지도 모른다.

「꺼삐딴 리」를 기회주의자로 욕할 것인가? 시류에 잘 합류하여 유리한 생존에 성공한 최후의 승리자인가? 갈수록 선과 악의 경계가 모호해지고, 진리의 여부가 의심된다.

그럼에도 불구하고, 인간적인, 너무 인간적인 우리 인간은 인간적인 면을 놀랍게도 잘 알아차린다. 논리적으로 명확히 설명할 수 없는 따뜻한 사람을 보게 되면, 이성의 논리는 쓸데없어 보인다. 감성은 어쩌면 '그냥'의 영역이다. 설명할 수 없고, 설명 불가능한 세계.

그래서 여전히 환상을 바라고, 환상을 꿈꾸고, 환상을 그린다. 우리를 구원할 영웅을 기다린다. 그런 영웅이 없음을 알지만 기다림만으로 족하다는 기분으로.

왜 이런 비현실적인 환상에 열광하는지를 욕하기보다 그 환상을 가져와 나의 현실을 이겨 내 보는 것도 또 하나의 처세이다. 때론 지극히 이성적이고 논리적인 것이 삶의 피로를 과중케 한다.

유토피아는 '어디에도 없다'는 말이 숨겨져 있다. 환상적인 세계는 사실상 어디에도 없다. 어디에도 없기에 환상의 세계겠지. 하지만 환상을 품을 때 우리에게 주어지는 카타르시스, 그 무한의 통쾌함과 시원함은 지금 나를 누르는 무게를 한층 가벼이 만들어 준다.

또 모르지 않는가! 우리가 품은 그 환상이 어쩌면 현실로 이루어질지도!

3. 한 것도 없이 억울할 때

지평을 넓혀라

감자는 우리에게 참으로 친숙한 작물이다. 쪄 먹고, 튀겨 먹고, 삶아 먹고, 볶아 먹고. 어떻게 먹어도 맛있다. 포테이토칩은 아이들도 좋아라 하는 대표적 간식이다. 예부터 흉년 따위로 굶주림이 심할 때 주식물 대신 먹을 수 있는 농작물인 구황 작물로도 통한다.

그런데 빈센트 반 고흐의 〈감자 먹는 사람들〉에서도 등장하는 이 감자가 사실은 긴 시간 동안 악마의 과일로 통했다. 그 오명을 벗는 데에 무려 200년의 시간이 걸렸다고 하니, 감자의 입장에서 참으로 억울한 일이 아닐 수 없다.

감자는 본래 남아메리카의 적도 부근에서 재배되었던 작물이다. 그러다 16세기 대항해 시대에 스페인 탐험가들이 유럽으로 가져갔다. 하지만 유럽 사람들은 이 감자를 좋아하지 않았다. 컴컴한 땅속에서 자라나는 동그란 줄기(사실 감자는 줄기다. 고구마는 뿌리 식물이고!)가 마음에 들지 않았던 모양이다. 게다가 감자 싹에는 솔라닌이라는 독소가 있어서 이것을 도려내지 않고 먹으면 위험하기도 하다. 이걸 몰랐던 1630

년 프랑스의 브장송 의회에서는 감자를 먹으면 나병에 걸리므로 재배를 금지시키기도 했다는 웃픈 이야기가 전해진다.

선입견이란 참으로 무서운 거구나 싶다. 감자와 더불어 억울한 이가 있다. 바로 마리 앙투아네트이다. 우리는 익히 그녀가 굶주림으로 죽어가는 백성들을 나몰라라 하고 사치와 향락에 젖어 살았던 왕비로 알고 있다. 프랑스혁명 때 그녀는 드넓은 콩코르드 광장에서 단두대의 이슬로 사라졌다.

기록에 따르면 그녀가 다른 왕비들보다 특별히 더 사치스럽진 않은 것 같다. 그녀는 '자연으로 돌아가라'고 말한 당대의 철학자 루소의 영향을 받아 베르사유궁 정원의 북쪽에 있는 프티 트리아농 궁에서 살다시피 했다. 프랑스의 시골 농가 같은 그곳에서 가축을 기르고 젖을 짜며 감자의 보급에 힘을 썼다.

오스트리아에서 태어나 어린 나이에 정략 결혼한 그녀는 베르사유에 정을 붙이고 살지 못한 것 같다. 흉년으로 빵값이 치솟는 경제 상황 속에서 백성들의 원성은 왕비와 귀족들에게 집중되었다.(사실 지배층의 사치와 향락은 오래된 일이다) 그 와중에 목걸이 사건은 그녀를 악녀로 만들기에 충분했다.

한 귀부인이 보석상에 값비싼 목걸이를 왕비가 사 오라고 했다며 외상으로 사 갔다. 왕비가 대금을 지불하지 않자 보석상은 왕비가 얼마나 미웠겠는가! 점점 더 왕비에 대한 소문은 나쁘게 흘러갔다. 그러나

조사해 보니 그 귀부인이 거짓말을 하고 목걸이를 가로챈 것이었다. 사실이 밝혀졌음에도 사람들은 '평소에 얼마나 사치를 했으면 그런 거짓말이 통했겠는가!' 하며 좀처럼 그녀에 대한 미운털은 빠지지 않았다. 누적된 원성은 이미 그녀에게 악녀의 프레임을 씌워 버린 것이다.

우리 속담에도 '아니 땐 굴뚝에 연기 날까?'라는 말이 있다. 참으로 사람 잡는 말이다. 역사 속에서나, 현재나 아니 땐 굴뚝에도 연기는 자주 난다. 말은 말에 붙어서 또 다른 말을 만들어 내고, 그 과정 중에서 거짓은 진실이 되기도 한다. 사람들은 대부분 자신이 믿고 싶은 것을 믿는다. 자기가 보고 싶은 것을 보고, 보이는 것을 본다. 실체를 보려는 사람은 생각보다 그리 많지 않다.

『이솝우화』에 동물들의 재미난 여행담이 나온다. 대부분의 동물들은 뭐니 뭐니 해도 가장 볼만한 것이 임금님이 사는 궁전이라며 입을 모아 말했다. 그러자 돼지는 자신도 그곳에 한 번 가 보고 싶어졌다. 곧장 길을 떠난 돼지는 궁전 앞에 이르렀다. 그런데 그곳에는 창칼을 든 파수병들이 지키고 있었다. 돼지는 도저히 정문으로는 들어갈 엄두가 나지 않았다. 이리저리 궁을 돌아보다 보니 하수도 구멍이 보였다. '오호라! 저기로 들어가면 되겠구나!' 싶었던 돼지는 하수도로 들어갔다. 돼지는 하수도 구멍을 나와 궁으로 들어가지 못하고 내내 하수도만 빙빙 돌다 다시 고향으로 돌아왔다. 그리고 친구들에게 말했다.

"궁전이라고 해야 볼 게 아무것도 없더라. 온통 퀴퀴한 냄새와 구정

물뿐이던걸!"

무엇을 보느냐는 중요한 문제이다. 보는 만큼 알 수 있기 때문이다. 본다고 해서 다 보는 게 아니다. 보는 이마다 다르게 보고 다르게 생각한다.

이 이야기에서 돼지는 무엇 때문에 다른 동물들이 보았던 아름다운 것을 보지 못했을까? 그것은 가장 쉬운 방법에 도전했기 때문이다. '도전'이란 자신에게 좋은 것이 될 수도 있고, 나쁜 것이 될 수도 있다.

'세상에서 가장 무서운 사람은 책을 한 권도 읽지 않은 사람이 아니라 단 한 권의 책만 읽은 사람이다.'는 말이 있다. 차라리 아무것도 아는 게 없으면 잘못된 것도 알지 못하기에 선입견이나 독단이나 편견이 없다. 수용할 수 있는 여지가 있다. 그러나 단 한 권의 책을 강력하게 받아들이면 그 어떤 것도 받아들이지 못하는 오류를 범하게 된다. 그에게는 더 이상 아무것도 받아들일 틈이 없다.

돼지는 차라리 그 여행을 하지 않았던 때가 더 나았으리라. 여행 후의 돼지에겐 궁전이란 다시는 가고 싶지 않은 퀴퀴하고 냄새나는 곳으로 기억될 것이다. 돼지에게 있어서의 도전은 아니간만 못한 격이다.

그렇다면 아무것도 도전하지 않는 것이 좋은 삶일까? 그러기에 우리의 인생은 너무 길고 너무 지루하다. 돼지에게 권하고 싶다. 일단 너의 도전을 칭찬하고 응원한다. 다시 한번, 아니, 어쩌면 여러 번 도전해 보기를 바란다. 하수도 구멍 말고 다른 구멍을 찾아보길, 좀 더 어렵지만, 좀 더 불가능해 보이지만 할 수 있는 그런 방법.

"일상의 모든 경험에는 의미가 담겨 있다"

– 에드문트 후설

우리가 하나의 선입견에 묶이지 않으려면 우리의 지평을 넓혀야 한다. 사람은 경험을 통해서 의미를 포착한다. 관점에 따라 인식과 의미는 달라진다. 사실상 올바른 인식이란 어렵다. 사태, 그 자체를 인식하는 것이 가능한 일이기나 할까?

후설은 이것을 위해 이론이나 가설에 의존하지 않고 모든 것에 대해 판단을 중지(에포케)하라고 말하고 있다. 열린 태도를 가지란 것이다. '누구의 말을 들었습니다'가 아닌, 의미가 생기기 이전의 상태로 돌아가 그 의미가 어떻게 생겨났는지의 여건과 내용을 살피는 것이다.

우리는 어떤 대상을 바라볼 때 나름의 지평을 가지고 있다. 지평이란 우리가 대상을 바라볼 때 가지는 한계를 말한다. 이 지평이 좁을수록 선입견과 편견에 빠지기 쉽다. 자신이 아는 세계가 전부인양 살게 된다. 이 광활한 우주를 두고, 하수도 구멍 속에서 살아가는 것이다.

돼지의 삶에서 벗어나려면 우리의 생활 세계에서 다양한 지평을 받아들이는 열린 태도를 가지고 '카더라 방송'을 한 번쯤 '에포케'로 의심해 보는 태도에서 시작해 보자.

비 오는 날, 더욱 맛나게 느껴지는 감자전 앞에서 '악마의 과일' 프레임을 벗겨 내 본다. 모든 잘못된 프레임을 에포케하며 농학자 파르망티에(감자를 소개하고 감자 재배를 장려)에게 하이얀 감자꽃 한 다발을 받아 들고 환히 웃는 마리 앙투아네트를 생각한다.

4. 세상의 부조리가 역겨워질 때

나만의 철학을 가져라

"모든 것이 시작된 것은 그날 그 시간이다."

장 폴 사르트르의 소설 『구토』의 주인공 앙투안 로캉탱은 어느 날 바닷가에서 물수제비를 뜨고 있던 아이들을 보고 자신도 물수제비를 뜨기 위해 조약돌 하나를 집어 들었다가 구토를 느낀다. 그 후 구토는 카페의 물건과 사람, 거리의 집들, 거울 속 자신, 방의 사물을 관찰하면서 반복된다. 구토는 로캉탱이 실존을 인식하며 느끼는 현상이다.

사르트르는 존재를 즉자적 존재와 대자적 존재로 구분한다. 즉자적 존재는 사물을 의미하며 의식과 무관하게 독자적으로 존재하는 것이다. 대자적 존재는 인간으로, 자기 밖의 사물을 지향하며 의미를 부여하는 의식을 가진다. 그래서 즉자적 존재는 존재로 충만하기에 더 이상의 무엇을 찾지 않는다. 그러나 대자적 존재는 존재가 결여된 상태이다. 밑 빠진 독 같다.

사르트르에 의하면 인간은 무(無)다. 그렇기에 다른 것으로 채워야만 한다. 이것이 꼭 나쁘게만 여겨지지 않는다. 무(無)는 오히려 자유롭고, 본질을 향해 나아갈 수 있다. 무한한 가능성이 열려 있는 것이다.

로캉탱은 그 어느 날에 있어 왔고, 있고 있으며, 앞으로 있을, 늘 같은 일상에서 갑자기 일상을 벗어나 그 순간을 이야기하고 있다. 조약돌을 만진 그 순간, 일상의 한순간이 포착되어 그 순간은 이야기가 되었다. 그동안은 그냥 스쳐 지나갔던 것이 스쳐 지나지 않는다. 즉자적 존재에서 대자적 존재가 되어 버렸다. 그날 그 시간에.

막장 드라마는 대부분 인기를 끈다. 막장 드라마는 온갖 부조리가 나타나고, 그 부조리를 주인공이 잘 극복하여 최선은 아니더라도 차선의 행복한 방안을 찾아내는 걸로 심심하게 끝나곤 한다.

대표적 막장 드라마 중 〈펜트하우스〉 속 펜트하우스는 정·재계, 법조계의 금수저들이 모여 사는 헤라펠리스라는 아파트의 꼭대기 층이다. 이 아파트는 층수가 높을수록 가격이 비싸고, 제일 꼭대기인 펜트하우스는 이 아파트를 설계한 주단태 회장의 집이다. 이 회장을 비롯하여 이 아파트에 사는 주인공들은 온갖 범죄를 일삼으면서도 전혀 죄책감을 느끼지 못하고, 오히려 그것을 자랑으로 여기며 살아간다. 반면에, 고아지만 자신의 재능을 살려 열심히 살던 민설아는 살해당하고, 열심히 살아가던 오윤희라는 인물도 이들에게 휘말려 살인자가 되고 만다. 또한 주단태의 아내인 심수련은 이 모든 것을 바로잡으려다

주단태에게 죽임을 당한다. 그러나 범죄가 적발될 많은 위기를 겪던 헤라펠리스 사람들은 오히려 더 큰 힘을 갖게 되고, 그들의 세계를 더욱 공고히 만드는 데 성공한다.

예상치 못했던 부조리의 득세이다.

"人人人人"

어린 날 선생님께서 칠판에 이걸 써 놓으시곤 해석해 보라고 하셨다. 시옷 네 개 써 놓으시곤 뭘 해석하란 건가 의아했던 기억이 난다.

'사람이면 사람이냐, 사람이라야 사람이지.' 모든 사람이 인간으로 태어나지만 인간다운 삶을 사는 것은 아니란 말이다.

사람의 본성에 대한 논란은 뜨겁다. 몇천 년을 논하고 있지만 답이 나오지 않고 있다. 성선설이든 성악설이든 성무선악설이든 이 가설들의 공통점은 그들의 현재의 삶은 태어남 이후의 환경이 결정한다는 것이다. 악하게 태어났어도 잘 교육을 받으면 선한 삶을 살 수 있고, 선하게 태어났어도 잘 교육받지 못하면 악해질 수 있다는 것이다. 백지로 태어났으면 당연히 그 이후에 무엇을 그려 넣느냐가 그의 인생을 결정할 것이다.

그래서 많은 학자들은 배움을 중시했다. 공자도 배움을 강조했는데 『논어』의 첫 글자가 學이란 것에서도 유추할 수 있다. 인간으로 태어난 것으로 족하면 안 되고 인간다움을 지향해야만 드디어 인간이 될 수 있다는 것이 사람 '인' 네 개에 담겨 있는 뜻이리라. 그럴 때 인간은 비로소

사르트르가 말한 대자적 인물로서의 삶을 살아갈 수 있는 것 같다.

그러나 현실의 세상에선 그런 인간스러움이 득세하지 못한다. 세상은 부조리의 온상이고, 생각하지 않고, 마치 사물처럼 살아가야만 더 잘 사는 세상이다. 어떤 삶이 좋은 삶인지, 어떤 삶이 바른 삶인지를 생각하기 시작할 때 불편해진다. 모든 것에 대한 허무와 회의에 빠지게 된다. 부조리가 눈에 보이기 시작할 때 우리는 구토가 일어난다. 그것이 인간다움의 필연적 슬픔이다.

> "모든 에너지를 일상적인 생존 투쟁에 쏟아부어야 하는 절대 빈곤자들은 내일을 생각할 여유조차 없기 때문에 보수적일 수밖에 없다. 같은 맥락에서, 부유한 사람들은 현재 상황에 불만을 거의 느끼지 못하기 때문에 보수적일 수밖에 없다."
>
> – 소스타인 베블런, 『유한계급론』

부조리를 논하려면 어느 정도의 생존은 확보되어야만 한다. 지금 당장 내일을 생각하지 못하는 자들은 부조리를 볼 수 없다. 인간으로 태어났지만 인간답게 살 수 없다. 인간의 사물화로 인한 생각의 부재가 낳은 슬픈 현상이다. 과정은 다르지만 부자 역시 결과적으로는 같다. 부자들은 세상의 부조리가 보이지 않는다. 세상은 너무도 잘 돌아가고 있고, 논리적이다. 마땅히 되어야 할 것들이 되는 세상이 그들만의 세상이다.

“하늘도 부자들 편이다!” <펜트하우스> 드라마 속 대사이다. 하늘이 실제로 그러진 않겠지만 세상이 돌아가는 양상은 정말 그러해 보인다.

그럼 어쩌란 말이냐! 실존을 느끼면 세상의 부조리에 구토가 일어나 허무주의에 빠져 버리고, 그렇다고 즉자적 존재로 남아 있을 순 없는, 우리는 이미 ‘인간’이니 말이다. 사르트르는 어떻게 이 아이러니를 해결했을까를 따라가 본다.

『구토』에서 중요한 인물이 한 명 더 있다. 바로 독서광이다. 그는 날마다 도서관에서 알파벳 순서대로 책을 읽고 있는 대단한 애서가이다. 그는 사람을 사랑하는 휴머니스트이며 자신이 사회주의자라고 말한다. 그토록 책을 사랑하고, 책 속에서 인생의 답을 찾기를 바라는 자였지만, 책 속 문장을 입으로만 떠들 뿐 삶으로 살아내는 자는 아니다. 그는 도서관에서 남학생들을 성추행하길 일삼다 마침내 적발되었다. 그는 왜 이토록 표리부동한 모습을 보일까?

독서광을 통해서 우리는 지식인의 오류를 볼 수 있다. 책 읽는 자, 소위 말해 전문가들이라 불리는 사람들의 오류이다. 자신의 지식, 자신의 경험이 진리이고, 정답인양 다른 것을 받아들이지 않으려는 태도, 그것은 삶을 가로막는다. ‘돈오’는 될지 모르나 ‘점수’는 되지 않는다. 공자가 말하는 ‘인(仁)’이 ‘예(禮)’로 드러나지 않는다면 어찌 ‘인한’ 마음을 알겠는가! 마음이 없으면, 지식이 없으면 시작도 안 된 것이겠지만, 그것이 있다고 한들 삶으로 드러나지 않으면 소용이 없다. 다르게 보면 마음의 실상에 대한 지적 이해인 '돈오'는 쉬우나 돈오를 살아가는 '점수'는 쉽지 않다는 것이다. 차라리 '돈오'조차 말하지 않는다면 표리부동하진 않을 텐데, 좀 아는 사람들은 안다는 것을 말하고 싶어 입이 근질거리기 마련이다.

독서광에게 실망한 로캉탱은 어떤 선택을 했을까? 집요하게 존재의 병이 쫓아와 내 자신이 잉여로 느껴질 때 허무에 자신을 밀어 넣지 않는다. 인정을 선택한다. 끝없이 끝없이 질문하다가 드디어 현재를 받아들인다. 인간은, 원래, 밑 빠진 독임을, 결여된 존재임을 인정한다. 세상의 부조리도 인정한다. 존재의 의미를 찾아야 하는 실존 앞에서 구토를 느낌도 인정한다. 인정은 드디어 시작할 힘을 준다. 나아갈 수 있게 한다. 사르트르식으로 말하면 기투(현재를 초월하여 미래로 자신을 던지게) 한다.

어린 날 '콩콩 귀신 이야기'를 들어 본 적이 있는가? 콩콩 귀신 이야기는 여고괴담 중에서도 유명한 이야기이다. 어느 학교에 매번 2등을 하는 아이가 있었다. 창문 청소를 하다가 2등 하는 아이는 1등 하는 아이를 밀어 버렸다. 1등 하는 아이는 머리부터 떨어져 죽었다. 그 뒤 2등 하는 아이는 드디어 1등을 하게 되었다.

어느 날 자기 반에서 공부를 하고 있는데 갑자기 '콩콩콩, 드르르륵, 어? 없네!' 또다시 '콩콩콩, 드르르륵, 어? 없네!' 하는 것이다. 2등 아이는 5반이었는데, 네 번쯤 그 소리가 들리자 자기에게 가까이 온다는 것을 느끼고는 책상 밑에 숨었다. 이러면 못 찾겠지 생각했는데 다시 '콩콩콩, 드르르륵'. 아무 소리가 들리지 않자 눈을 뜨니 눈앞에서 1등 친구가 눈을 반짝이며 '찾았다!'를 외쳤다.

귀신한테 배우자고 하면 웃겠는가! 콩콩 귀신은 의심하고 의심하여 드디어 찾아내는 데카르트를 떠오르게 한다. '나는 생각(의심)한다. 고로 존재한다.' 데카르트의 유명한 명제는 가만히 생각해 보면 아주 거창한 것이 아닐지 모른다. 콩콩 귀신이랑 비슷하다.

대자는 의식으로 세상을 잘라 내 포착하고 의미를 부여하고, 그리하여 관계를 맺어 나간다.

우리가 독서광의 표리부동에 빠지지 않으려면 끊임없이 '콩콩콩, 드르르륵' 하여 '없네!'를 경험해야 한다. '없다'는 것, '무(無)'라는 것을 경험하며 구토를 느끼기도 해야 한다. 그 후, 드디어 알게 된 본질을 만났을 때 로캉탱처럼 떠날 수 있다. 드디어 진정한 관계를 맺게 된다.

남이 명명한 이름이 아니라, 남이 정립한 이론이 아니라 알몸을 보는 눈으로 날것의 그것, 나만의 사투리로 말할 수 있어야 한다.

사르트르는 묻는다. "너희들의 과학으로 무엇을 했단 말이냐?" 그는 노벨문학상을 지명받았지만 상을 거부한 사람이다. 국가(소련)의 강압으로 받지 못한 『닥터 지바고』의 작가 보리스 파스테르나크 외 유일한 사람이다. 노벨이 만들어 낸 다이너마이트는 노벨의 의도와 달리 엄청난 살상 무기가 되었다. 그런 상은 받을 수 없다는 그가 오늘날

'철학'보다는 '과학'을 따르는 우리에게 말을 건다.

"오랫동안 나는 펜을 칼처럼 생각했다. 이제 와서 나는 우리의 무력함을 알고 있다. 그래도 상관없다. 나는 책을 쓰고 있으며 앞으로도 그럴 것이다."

육사가 떠오르는 문장이다. 시를 칼로 사용한 이육사의 의기가 사르트르의 말속에도 녹아 있다.

나만의 철학이 없는 삶은 쉬이 인간다움을 놓치게 된다. 남의 철학을 의심 없이 무작정 숭배하는 것도 무서움을 낳는다. '나'라는 존재는 과거에서 만들어졌지만, 과거에서 벗어나 미래로 나아가야 한다. 나만의 이름을 붙일 수 있는 힘을 기르는 방향으로.

로캉탱이 마리 앙투아네트의 총애를 받았던 로르봉을 연구하다 그만두고, 소설을 창작하기로 마음을 먹고 부빌을 떠나기로 결심하며 『구토』는 끝이 난다. 역사는 반면교사로 삼을 만하지만 나아가지 못하는 방해꾼이 될 수도 있다.

"작가들에게 도피할 방도란 없으므로, 우리는 작가들이 좁게 자기 세대를 포옹하기를 원한다."

그에게 있어 구토를 다스리는 방법은 재즈를 듣는 것이었고, 또한 소설 창작이었다. 예술은 위안을 선물한다. 부조리함을 포용하는 따뜻한 태도. 그 속에 있는 仁을 밖으로 드러내는 그의 방법. 이것이 그의 냉철함 속에 숨겨진 힘이 아닐는지. 그는 실존 앞에서 본질을 찾은 듯하다.

5. 사는 것이 고통스러울 때

우리는 다 틀렸고, 다 맞았다

상인이 되기를 바랐던 아버지의 뜻으로 세계를 여행하면서 비참하게 살아가는 노예의 삶을 통해 인생에 대한 깊은 회의를 품게 된 쇼펜하우어는 고단한 삶에 대한 해법을 탐색하였다. 그는 '인간은 왜 고통스러운가'에 대해 탐구하였다. 원인을 알아야 방법을 알 수 있기 때문이다.

그는 고통은 의지의 객관화 과정에서 온다고 하였다. 모든 개별자는 각자의 '의지'를 가지고 있고, 그 의지가 충돌하면서 고통이 생긴다.

최초의 세상을 생각해 보자. 그때는 소유의 개념이 없었다. 함께 맘모스를 잡아다가 함께 파티를 즐기며 함께 먹었다. 먹을 게 떨어지면 또다시 먹을 것을 구하러 나섰다. '나의 것'도 없었고, '너의 것'도 없었다. 그런데 우연히 한 사람이 농사의 방법을 알게 되었다. 그리고 그 사람은 먹고도 남는 잉여 생산물을 가지게 되었다. 도구를 사용하면 생산량이 늘게 되고, 더 이상 굶주림과 추위와 맹수와 싸우며 먹을 것을 구하지 않아도 된다는 사실을 터득하게 되었다.

그 소문은 점점 퍼져 나가 사람들의 의지를 발동시켰다. 모두 것이 분리되어 나의 것, 너의 것이 생겨났다. 거기까진 괜찮았다. 땅은 여전히 많았기에.

문제는 내가 가진 것을 다른 사람도 원할 때, 혹은 다른 사람이 가진 것을 내가 원할 때 생겨난다. 내가 원하는 땅을 다른 이도 원하고, 내가 좋아하는 남자를 다른 여자도 좋아하고, 내가 먹고 가지고 싶은 것을 다른 이도 가지고 싶어 할 때 충돌은 일어난다. 충돌은 고통을 낳는다.

> "욕망은 오래 계속되며 요구 또한 끝이 없다. 그 충족은 일시적이고 극히 작다. 아무리 궁극적인 만족이라 해도 표면적일 뿐이고 하나의 소원이 채워지면 곧 새로운 소원이 생긴다."
>
> -『의지와 표상으로서의 세계』

인간의 욕망은 끝이 없다. 의지의 다른 이름은 욕망이다. 욕망, 그 의지는 밑 빠진 독과 같다. 아무리 부어도 채워지지 않는다. 어제 뷔페에 가서 맘껏 먹었다고 한들 오늘이 되면 여전히 배가 고프듯 우리의 욕망은 채워지면 권태에 빠지고, 오래 못 가 또다시 곤궁함이 찾아온다. 그러면 또 다른 욕망이 찾아온다. 그러기에 우리는 언제나 배고프며, 언제나 만족의 지속을 누리지 못한다.

"인간은 있는 그대로 보는 것이 아니라 보고 싶은 대로 본다."고 했다. 의지는 세상을 바라보는 방식을 결정한다. 똑같은 바다를 보면서도 어떤 이는 황홀해하기도 하고, 어떤 이는 두려워하기도 한다. 인간은 각자의 의지(욕망)대로 표상한다. 표상이란 세상을 보고, 세상을 받아들이는 방식, 즉 세상을 해석하는 방식을 말한다.

인간의 이성이란 근대가 되면서 대단한 것으로 받아들여졌다. 그 이성으로 인간은 문명의 발전과 과학 혁명을 이룩하였으니 그렇게 생각할 만도 하다.

그러나 쇼펜하우어는 그 이성이란 걸 대단하게 여기지 않았다. 인간이란 자신도 의식하지 못하는 의지에 의해 움직이는 존재일 뿐이다. 그 의지란 인간을 더 생존에 유리하게 만들었지만 그것으로 인해서 인간을 더 고통에 빠뜨리기도 한다.

1950년에 나온 일본 영화 〈라쇼몽〉은 이런 인간의 표상에 대해 잘 보여 준다. 개별자로서의 욕망을 가진 인간이 과연 이성으로 사실을 판단할 수 있을지 의구심이 들게 하는 영화이다.

이 영화는 사실 제목은 〈라쇼몽〉이지만 아쿠타가와 류노스케의 소설 「라쇼몽」 속 「덤불 속」이라는 단편의 내용이 주된 스토리이다. 영화의 처음과 끝만 「라쇼몽」을 배경으로 등장시킨다. 라쇼몽은 지금은 교토 중심부에 있는데 헤이안 시대의 수도 헤이안경의 주작대로(朱雀大路) 남단에 설치된 문이다. 980년 폭풍우로 파괴된 채 황폐하게 남아 여러 기담을 낳고 도적의 소굴이 되기도 한 곳이다. 「라쇼몽」 소설 속

라쇼몽엔 동물이나 들락거리고, 시체가 버려지는 그런 황폐한 곳이다.

사무라이 타케히로가 말을 타고 자신의 아내 마사코와 함께 숲속 길을 지나가고 있었다. 그늘 속에서 낮잠을 자던 산적 타조마루는 슬쩍 마사코의 예쁜 얼굴을 보고는 그녀를 차지할 속셈으로 그들 앞에 나타난다. 속임수를 써서 타케히로를 포박하고, 타조마루는 마사코를 겁탈한다.

오후에 그 숲속에 들어선 나무꾼은 사무라이 타케히로의 가슴에 칼이 꽂혀 있는 것을 발견하고 관청에 신고한다. 곧 타조마루는 체포되고, 행방이 묘연했던 마사코도 불려 와 관청에서 심문이 벌어진다. 문제는 겉보기에는 명백한 듯한 이 사건이 당사자들의 진술을 통해 다양한 진실을 들려준다는 점이다. 즉, 무엇이 진실인지 알 수 없는 상황에 이른다.

먼저 산적 타조마루는 자신이 속임수를 썼고 마사코를 겁탈한 것은 사실이지만, 타케히로를 죽일 마음은 없었다. 그러나 마사코가 남편을 죽여 달라고 하는 바람에 어쩔 수 없이 결투를 했고, 정당한 결투 끝에 죽인 것이라고 진술한다. 마사코의 아름다움을 보면 누구라도 그랬을 것이라며 자랑스럽게 떠벌린다.

하지만 마사코의 진술은 그의 것과 다르다. 자신이 겁탈당한 후, 남편을 보니 싸늘하기 그지없는 눈초리였다고 한다. 자신의 잘못이 아님에도 자신을 경멸하는 눈초리에 제정신이 나간 그녀는 혼란 속에서 남편을 죽였다고 진술한다. 그런 후 몇 번이나 자결하려 했지만 그것조차 자기 뜻대로 되지 않았다며 한탄한다.

무당의 힘을 빌어 강신한 죽은 사무라이 타케히로는 또 다른 진술을 털어놓는다. 이 부분에서 사건의 전모가 다 밝혀지는 듯 보인다. 아내가 자신을 배신했지만, 오히려 산적 타조마루가 자신을 옹호해 줬다는 것이다. 그리고 그는 스스로 자결했다는 것이다.

이처럼 엇갈리는 진술 속에는 각자의 입장과 이해관계가 담겨 있다. 좀처럼 실체적 진실에 접근할 수 없다. 죽은 타케히로가 죽어서도 이승을 떠나지 못하고 무당의 입까지 빌어 말하는 것을 보면 사실인 것 같다가도 이 사건을 지켜본 나무꾼의 진술이나 그 외 사람들의 진술을 보면 또 명백히 타케히로의 말이 사실로 느껴지지 않는다.

도대체 진실은 어디에 있는가! 절대적인 사실은 없고, 상대적인 사실만이 존재할 뿐이다.

이들의 진술을 하나하나 살펴보면 자신에게 유리한 면만 부각하여 말을 하고 있다. 거짓과 과장이 없다 하더라도, 정물 하나도 보는 위치에 따라 다르게 보이고, 보는 이의 시력과 관념 때문에 달리 보인다.

칸트가 말한 '물자체', 그 실체를 인간은 과연 볼 수 있을까? 사건은 덤불 속에 가리워져 있다. 그 모든 입장과 관점에 따라 실체는 달라진다. 거기에서 인간은 고통을 겪는다.

쇼펜하우어는 어떤 방안을 찾아냈을까? 그는 먼저 '의지를 관조하라'고 말하고 있다. 우리는 자신의 의지의 경향에서 벗어날 순 없지만 조절할 수는 있다. 조절하려면 먼저 알아야 한다. 덤불 속을 나와 나의 의지의 방향이 어디로 뻗어 있는지, 나의 의지는 어떤 의지와 충돌을 일으켜 고통을 낳는지, 지켜보아야 한다.

모든 개별자의 의지는 나쁜 것이 아니다. 나의 기준에 나쁜 것이지 그의 입장에서 생각하면 당연한 발현이다. 그저 각자는 각자의 의지대로 열심히 살았을 뿐인데 나의 마음에 들지 않았을 뿐이다. 그것을 알아차릴 때 양보의 미덕이 생겨난다.

쇼펜하우어의 두 번째 방안은 '한계를 인정하는 것'이다. 어쩔 수 없는 것, 불가피한 것을 인정하면 오히려 위안이 찾아온다. 그런데 인정 이전에 '구분'이 있어야 한다. 자신에게 기대해도 되는 것과 기대할 수 없는 것을 구분해야 한다.

내가 할 수 있는 것과 할 수 없는 것을 구분하는 능력, 사실 이것은 사람이라면 누구에게나 있지만 누구나 가진 능력은 아니다. 바로 메타인지능력이다.

갑자기 사람들에게 '나우루 공화국'의 수도가 어디냐고 물어보면(이 나라의 사람이거나 이 나라와 특별한 인연이 없다면) 대부분의 사람들은 즉각적으로 '내가 그걸 어떻게 알겠냐'고 말한다. 대단한 것이다. 나의 머릿속 어디에도 나우루 공화국의 수도가 야렌이라는 정보가 없다는 것을 순간적으로 파악하여 바로(그것도 확신에 차서) 대답한다는 사실이 얼마나 대단한가!

내 노트북 속에서도 그런 정보는 없음에도 불구하고, 노트북에 검색을 하면 노트북은 그 정보를 찾기 위해 아주 애를 쓴다.

이런 간단한 것은 '모름'을 확실히 하는 인간이, 나의 한계를 분명히 아는 것은 쉽지 않다. 왜냐하면 인간은 발전하는 동물이고, 한계를 뛰어넘은 많은 이들의 사례가 우리를 현혹하기 때문이다. 그것은 또 아주 틀린 말도 아니기에 나의 한계를 인정하는 것은 쉬운 일이 아니다. 그럼에도 불구하고 자신에 대한 불만을 줄이기 위해선 자기 개성에 대한 무지, 그릇된 자부심을 깰 필요가 있다.

세 번째 방안은 '고통과 함께하는 것'이다. "인간은 시계추처럼 고통과 권태 사이를 왔다 갔다 한다." 고통이 없으면 성취감도 없다. 만족 또한 없다. 성취감을 느끼고 행복감을 느끼기 위해서 고통은 불가피한 요인이다. 불행이라는 감정을 알아야 행복이란 감정도 알게 되는 것이다. 늘 행복하다면(그런 것이 가능하겠냐마는) 인간은 권태에 빠져버린다. 그게 행복인지 아닌지 알 수 없다. 행복이란 상대적일 수밖에 없다.

인생이란 시계추와 같다. 올라갈 때가 있으면 내려갈 때도 있다. 고통이 있을 때 행복이 찾아온다. 고통을 피하려 하기보다 고통 또한 행복의 일부분임을 알 때 인생은 훨씬 더 수월해질 것이다.

네 번째는 '나'를 뛰어넘어 '우리'의 사고방식으로 사는 것이다. 자신의 의지는 긍정하고 타인의 의지는 부정하지 않는 것. '나도 맞고, 너도 맞고'의 사고방식이 필요하다. 공자는 '내가 싫은 것을 남에게도 시키지 마라'고 했다. 타인의 고통은 언젠가 나에게 돌아온다. 그 고통이 나의 고통과 무관하지 않다는 것을 알 때 우리는 조용하고 자신 있는 명랑함을 갖는다. 나의 의지를 넘어서, 덤불 속을 나와 보편적 시선으로 세상을 볼 수 있게 된다.

6. 될 대로 되라 손 놓고 싶어질 때

생의 한복판, 지금을 살아라

"출항과 동시에 사나운 폭풍에 밀려다니다가 사방에서 불어오는 바람에 같은 자리를 빙빙 표류했다고 해서, 그 선원을 긴 항해를 마친 사람이라고 말할 수는 없을 것이다. 그는 긴 항해를 한 것이 아니라 그저 오랜 시간을 수면 위에 떠 있었을 뿐이다."

– 세네카

처음 세네카의 문장을 만났을 때, 나는 하루하루를 표류하듯 보내며 늙어가고 싶지 않다는 강렬한 생의 의지를 느꼈다. 박연준 시인이 말했듯이(『우리는 서로 조심하라고 말하며 걸었다』) 태어난 이후로 우리는 줄곧 시간을 써 왔다. 이제 우리는 낡아 갈 일밖에는 없는 것이다.

인생은 '단 한 번'이라는 것을 받아들여야 한다. 거부한들, 우리의 시간은 소비될 뿐이다.

시간이란 소비재의 특성을 가진다. 시간은 절약할 수도 있고, 낭비

할 수도 있다. 시간이 남아돌 때는 하릴없이 무료하게 그 시간을 채워내느라 하지 않아도 될 것들을 하곤 한다. 그런데 시간이 없을 때는 1분 1초가 아까워 시간을 붙잡으려 안간힘을 쓴다. 그러나 시간은 늘 똑같이 흘러간다. 문제는 시간을 사용하는 우리의 태도에 있다.

이리저리 세상의 조류에 단지 표류할 것인가? 삶을 온전히 주체적으로 살아낼 것인가?

니체는 영원회귀라는 좀 이해되지 않는 세계를 말했다. 목적도 이유도 없이 팽창과 수축을 무한히 반복하는 세계, 시작도 끝도 없이 똑같은 것이 그 상태 그대로 영원히 돌아가는 상태를 의미한다. 2021년 2월 25일, 오늘이 그 상태 그대로 영원히, 끝없이 반복된다면? 끔찍할 것인가? 아니면 '그래, 그래도 좋을 것 같아!' 하고 대답할 수 있을 것인가?

니체가 영원회귀의 세계를 제안한 것은 영원히 반복되더라도 '바로 오늘'을 살 것 같은 그런 후회 없는 하루를 살고, 그런 선택을 하라는 의미인 것 같다. 나중을 위해 현재를 유보하고, 미래에는 될 수도 있을지 모른다는 공상의 세계를 위해 오늘을 대충 보내 버리고 마는 우리에게 망치를 내려친다.

오늘을 사는 인물이 있다. 바로 『생의 한가운데』 속 '니나'이다. 그로 인해 당시 '니나 신드롬'을 일으켰다. 니나는 작가 루이제 린저를 많이 투영한 인물로 생각된다. 소설은 1925년 9월 15일 니나와 슈타인 박사의 첫 만남으로 시작되어 1947년 9월 7일 슈타인의 마지막 일기로 주요 스토리가 형성된다. 니나와 슈타인과 마르그레트의 인생 이야기 저변에는 1929년 세계대공황, 나치의 득세로 인한 반유대인 정책과 사회적 약자 말살 정책, 인종차별 주의가 당연하게 행해졌으며, 제2차 세계대전이라는 침울한 역사가 흐른다.

시대적 상황을 고려할 때, 당시 여성들이 니나처럼 살기란 쉽지 않았을 것이다. 남성들은 그나마 어느 정도는 가능했을 수도 있었겠지만, 여성에게 그런 노마드적인 삶이란 쉽지 않은 선택이다. 니나와 대비된 언니 마르그레트의 삶이 여성으로서 보편타당한 삶으로 느껴졌으리라. 니나마저도 그런 일반적 여성으로서의 삶을 흠모하기도 했으니 당연한 일이다. 그럼에도 불구하고 왜 사람들은 니나를 그토록 흠모했을까? 아마도 '내가 하지 못하기' 때문이다.

우리는 가지 않은 길을 바라보기 마련이다. 갈 수 없는 길로 가고 싶고, 가 보지 못한 길에 대한 미련이 남는다. 그것은 니나처럼 용기가 필요한 일이다. 니나의 삶이 생 속으로 뛰어드는 삶이라면 마르그레트의 삶은 관조하는 삶이다.

"여기에는 법칙이 있고, 저기에는 생이 있다는 것은 끔찍한 일이야."

세상에는 온갖 법칙이 있다. 내가 만든 적도 없고, 그 법을 만들 때 내가 참여한 적도 없는데 우리는 태어나면서부터 온갖 법칙을 받아들여라 강요받으며 살아가고 있다. 그런데 내가 살고 싶은 생이란 그 법칙과 다른 쪽에 있을 때가 있다. 그것을 사람들은 이상하게 바라본다. 우리 각자도 그것이 이상하게 여겨지고, 불합리하게 생각되지만 그 법칙을 벗어날 용기는 쉽사리 나지 않는다.

니나는 그것을 끔찍하다고 말하고 있다. "우리가 생을 극복하면 더 높은 생을 얻을 수 있다는 것은 정말일까?" 니나는 반문한다. 우리가 노력하고, 노력하면 우린 정말 더 좋은 생을 살 수 있을까? 니나는 먼 미래의 행복을 위해 지금을 참아 내며 무엇을 뛰어넘으려 하는 대신에 지금 당장 나에게 주어진 삶을 살아내는 데 집중했다.

결혼을 하면서 언니는 떠났다. 연락이 끊겼다. 가장의 역할을 하며 부모님을 모시고 살아 내야 했다. 게다가 많은 빚을 지고 죽어 버린 아버지. 빚을 갚기 위해 웬하임에 가서 늙은 할머니를 수발들어야 하는 그런 상황.

그 속에서도 니나는 생을 탓하지 않았다. 단지 자신의 과업으로 받아들였다. 슈타인의 도움을 끝끝내 거절한 채 웬하임 사람들을 관찰하며 글을 썼다. 자신의 삶에만 갇혀 있지 않고 타자의 삶으로까지 니나의 생각은 뻗어 간다. 독일 망명객들을 도와주고 약자들에 대한 연민이 늘 그녀의 삶 가운데 따라다닌다. 불평하지 않고 현재의 삶에서 자신의 일을 찾아내어 묵묵히 감당하였다.

지금 내가 하고 싶은 것은 다른 것이지만, 미래의 더 큰 것을 위해 포기하고 이 시간을 단순히 견디는 그런 수준이 아니었다. 흔히 남자들이 군대에 가서 그 시간은 마치 인생의 마이너스 부분인 듯 빨리 흐르기만을 기다리는 것처럼, 예비군 훈련을 가서 그저 시간을 때우고 오는 것처럼 그렇게 보내지 않았다.

니나는 달랐다. "내 생각으로는 삶의 의의를 묻는 사람은 그것을 결코 알 수 없고 그것을 한 번도 묻지 않는 사람은 그 대답을 알고 있는 것 같아요." 내 삶은 왜 이럴까? 내가 전생에 무슨 죄를 지었길래 이런 삶을 살아야 할까? 그렇게 묻지 않았다. 그냥 지금 내게 주어진 삶에 순간순간 답하며 현재를 감당하며 나아갔다. 주어진 삶을 그저 표류하는 게 아니라 자신이 선택하는 주체적 삶을 살아간 것이다.

'욜로족'이라는 신조어가 있다. '인생은 한 번뿐이다'를 뜻하는 'You Only Live Once'의 앞 글자를 딴 용어로, 현재 자신의 행복을 가장 중시하여 소비하는 태도를 말한다. 미래 또는 남을 위해 희생하지 않고 현재의 행복을 위해 소비하는 라이프 스타일이다.

이 삶을 '나쁘다'라고 판단하기보다 니나의 삶은 이와는 다른 느낌이 든다. 미래보다는 현재의 삶을 더 중요하게 여기는 것은 공통적이나, 지금의 시간을 단순히 '소비'하고 현재의 '기쁨'만을 위해 물질과 시간을 소비하는 삶과는 거리가 있다.

니나의 삶은 자신의 즐거움만을 따르지 않는다. 사회의 문제에 적극적으로 참여하였고, 내가 속해 있는 공동체를 더 낫게 유지하기 위한 최선의 선택을 해 나갔다. 지금 내가 할 수 있는 사명을 묵묵히 감당해 나갔다. 그러면서도 한없이 자유롭고 가치가 있었다.

언젠가 욜로족에 대한 다큐멘터리를 본 적이 있다. 그들은 현재의 소비적 삶을 위해 집을 사거나, 저금을 하지 않는다. 언제든 여행을 떠나기 위해 정규직의 일자리는 구하려고 생각조차 하지 않고 아르바이트를 전전하기에 수입이 많지 않다. 일 자체에는 전혀 가치를 두지 않고 생존을 위한 수단으로 활용할 뿐이다.

그들은 그 삶에 대단히 만족한다고 하였다. 그러나 시청자의 눈으로 보았을 때 그들의 삶처럼 살고 싶다는 매력이 느껴지진 않았다. 무엇보다 '일(직업)'에 대한 경시적 태도가 안타깝게 여겨졌다.

일이란 생존을 위한 수단인 동시에 인생을 더 가치 있게 만드는 신성한 무언가를 담고 있다. 인간이라는 존재는 이상하게도 나를 통해 타인이 기뻐함을 볼 때 더 큰 기쁨을 느낄 수 있는 존재인 것이다. 그런 면에서 노동을 단순히 생존의 수단으로만 생각하는 것은 노동의 시간을 죽은 시간으로 간주하는 것이다.

젊은 날의 어느 때, 오로지 나만을 위해 온전히 소비해보는 시간이 필요할 때가 있다. 그러나 그런 삶이 영원회귀의 굴레로 들어간다면? 온전히 '그래, 이 삶이 영원히 반복되어도 좋겠어'라고 답할 수 있을까?

인간은 사라진다, 언젠가. 시간은 소멸을 향한다. 그래서 아름답다. 세상이 아름다워서가 아니라 내가 그러기를 선택한 것이다. 생의 한가운데, 한복판, 숨을 수 없는 공간, 알몸으로 생과 싸우는 그 전쟁터 같은 곳, 그곳이 아름다울 수 있는 건 내가 그러기로 선택했기 때문이다.

잘 알려져 있듯이 아르헨티나의 가수 메르세데스 소사의 삶은 남미의 아픈 역사 속에서 흘러갔다. 제국주의와 싸운 약한 나라의 백성으로 무얼 그리 감사할 것이 많았겠는가! 그러나 그녀는 노래한다. 'Grasias a la vida!' 삶에 감사하다고.

> "삶에 감사해. 내게 너무 많은 것을 주었어. 웃음과 눈물을 주어 행복과 슬픔을 구별하게 했고, 나의 노래와 당신들의 노래가 되게 했네. 이 노래가 그것이라네. 그리고 이 노래는 우리들 모두의 노래라네. 세상의 모든 노래가 그러하듯, 나에게 이토록 많은 것을 준 삶이여, 감사합니다."

무릇 노래라 함은 기쁠 때만 부르는 것이 아니다. 기쁜 일이 있어서만 부르는 것도 아니다. 기쁨이란 슬픔이 있어야만 느껴지는 감정이다. 그러니 슬픔을 알려 준 생에도 감사한다는 소사의 말은 참으로 옳지 않은가!

'누구라도 그러하듯이' 가능하다. 소사만의 노래가 아니라, 니나만의 생이 아니라 누구라도 그러할 수 있다. 슬픔을 노래하고, 길을 걷다 문득 '가득찬 눈물 너머로' 그때, 생의 한복판을, 첫사랑의 편지를 읽듯 추억할 수 있다.

7. 도망치고 싶을 때

과거에서 도망쳐라

숲속에서 곰을 만나면 어떻게 해야 할까?

두 친구가 함께 여행을 하던 도중 커다란 곰을 만났다. 둘 중 한 명은 혼자 나무 위로 기어 올라가 위기를 모면했다. 나머지 한 명은 곰과 맞서 봐야 승산이 없음을 알고는 넙죽 땅에 엎드려 죽은 시늉을 했다. 곰은 사체엔 손을 대지 않는다고 알고 있었기 때문이다.

그가 예측한 대로 곰은 누워 있는 사람에게 바싹 다가가 킁킁거리며 냄새를 맡더니 죽은 줄로 알고 정말 그냥 가 버렸다. 곰이 완전히 사라지자 나무 위에 있던 친구가 내려와 물었다.

"곰이 자네 귓가에 대고 뭐라고 하는 것 같던데 뭐라고 하던가?"

"뭐, 대단한 건 아니야. 위기에 처한 친구를 나 몰라라 하는 사람과는 같이 다니지 말라더군."

『이솝우화』에 나오는 곰과 두 나그네 이야기이다. 이 이야기의 교훈은 아마도 진정한 친구는 위기의 순간에 알 수 있다든지, 위기에 처했을 때 친구를 외면하면 안 된다든지, 하는 따위의 메시지를 주려는 것일 것이다. 그러나 이 이야기는 참으로 비현실적이다. 실제로 곰이란 동물은 저렇듯 너그러운 동물이 아니다.

캐나다에 여행을 갔을 때였다. 캐나다는 곰이 자주 출몰한다고 한다. TV 광고에 보면 아침에 일어났는데 곰이 테라스에 떡하니 앉아 차를 마시는 장면이 나오곤 하는데, 실제로 캐나다에선 그런 풍경이 연출된다고 한다(차를 마시진 않겠지만). 그 정도로 곰이 사람들이 사는 동네에 자주 등장하기 때문에 여행객들에게 조심하라고 당부, 또 당부를 하는 것이었다.

실제로 곰을 더 가까이서 찍기 위해 숲에서 텐트를 치고 자던 한 사진작가가 죽은 일도 있었다고 한다. 그러면서 혹시나, 정말 곰을 만난다면 어떻게 해야 하는지 대처법을 알려주었다.

"무조건 도망치세요!"

이솝우화 때문이었을까? '곰을 만나면 어떻게 해야 할까?' 하는 가이드의 질문에 대부분의 관광객들이 '죽은 척해야 합니다'라고 보란 듯이 답을 말했다. 그런데 가이드는 그럴 줄 알았다는 듯, 그러면 곰의 손바닥에 살점을 하나씩 하나씩 뜯겨 나가는 고통을 맛볼 거라는 것이다.

곰은 대단히 호기심 많은 동물이라서 죽은 척하는 동물이 정말로 죽었는지 철저히 확인을 해 본다고 한다.

우리가 좀 둔한 사람을 보고 '곰 같다'라고 비유하는데, 이건 완전 틀린 비유인 것이다. 생긴 것만 둔하지 실제로 곰은 아무리 죽은 것처럼 보이는 것이 있어도 커다란 앞발로 쓰다듬어 본다는 것이다. 그런데 날카롭고 육중한 앞발로 곰이 쓰다듬는 순간 절대로 어떤 인간도 죽은 척할 수 없다는 것이다.

곰은 나무도 잘 타는 동물이라서 첫 번째 사람의 방법도 안전하지 못하다. 결국 이 우화에서 저 두 사람은 모두 죽었을 가능성이 크다. 방법은 단 한 가지, 도망이다.

아사다 아키라가는 『도주론』에서 '파라노이아'와 '스키조프레니아'라는 말을 소개하였다. 파라노이아는 편집증을 뜻하고, 스키조프레니아는 분열증을 뜻한다. 파라노이아 인간형은 정주(定住)하는 인간형을 말한다. 자신에게 정해진 길을 바르게, 일직선으로 나아간다.

들뢰즈 스타일로 말하면 트리형의 모습을 가진다. 하나의 출발점을 근본으로 하여 잎을 정합적으로 펼쳐 나가는 식의 구조다. 수학적으로 말하면 적분에 해당한다. 대단히 세밀하고 확고한 정체성을 가지고 하나에 매진하는 모습을 보이나 변화에는 약할 수밖에 없다. 쉽게 말해서 한 우물 파는 인간형이다.

반면에 스키조프레니아 인간형은 리좀(rhizome)의 구조를 가진다. 이런 인간형은 고정적인 아이덴티티에 속박되지 않고, 정합성에도 집착하지 않는다. 수학적으로 말하면 당연히 나누어지는 미분에 해당한다. 정주하지 않고 도망치는 자이다. 하나의 범주에 속하기보다 경계에 서 있어서 변화에 강한 장점을 보인다.

그러나 리좀의 형태는 이상함을 넘어 괴물처럼 보이기도 한다. 그래서 스키조프레니아는 위험한 상황이 아닌 안정되고 고정된 사회(상황) 속에서는 이해되지 않는 사람으로 보일 수도 있다. 늘 경계에 있기에(이 편도 저 편도 아니니) 고독할 수도 있고, 위험할 수도 있다.

실제로 우리의 역사, 근대 문명의 이룩은 파라노이아 인간형들의 편집증적 추진력에 의해 성장해 왔다. 이 사회가 안정화되는 구심점 역할을 함은 분명해 보인다.

그러나 급변하는 사회 속에서 자칫 이런 인간형은 위험하다. 지나온 지혜만을 따르면 곰에게 잡아먹히기 십상이다. '호랑이 굴에 잡혀가도 정신만 차리면 살 수 있다'는 속담에 의지하여 잔꾀를 부리면 목숨이 더 위태로울 수 있다.

'도망치다'라는 말은 딱히 명확한 행선지가 정해져 있진 않지만 어쨌든 이곳에서 벗어난다는 의미이다. 도망치는 사람, 도망칠 수 있는 사람은 일단 지금 이곳이 위험함을 감지할 수 있어야 한다. 경계에 선 자들은 안테나가 발달할 수밖에 없다. 늘 위태위태하기 때문이다.

또한 도망칠 결단을 내릴 수 있는 용기가 필요하다. 이 또한 경계인들은 정주인들보다 용이하다. 현재 내가 가진 게 별로 없고 가벼운 삶을 살기에 좀 더 쉬이 이곳을 떠날 수 있다.

결국 안정된 사회, 고정된 사회 속에서는 파라노이아 인간형이 더 유리할 수 있겠지만 변화하는 사회 속에서는 스키조프레니아 인간형이 유리하다는 말이다.

우리는 누구나 좋은 차를 타고 싶어 한다. 별로 차에 대해서 아는 것도 없고, 관심도 없는 나조차도 새 차를 타 보니 더 이상 헌차를 타기 싫어졌다. 승차감이나, 여러 가지 다양한 기능이 탁월했다.

차가 없을 때는 시원한 바람을 만끽하며 달릴 수 있는 자전거로도 충분했다. 그러나 좋은 차를 가지게 되면 자전거와 비견되지 않을 만큼의 장점들이 차고 넘친다. 인간은 안정을 좋아하고, 편안함을 추구한다.

그러나 어떤 상황 속에서는 그 차를 버리고 싶어질 때가 있다. 가령, 교통 체증이 심할 때, 지진이 났을 때, 도로가 파손되었을 때 같은 위급한 상황에 직면하면 말이다.

배달하는 분들이 자동차가 아닌 오토바이로 골목골목을 누비며 빠른 배달을 하는 것을 보면 알 수 있다. 상황에 따라서 벤츠나 페라리보다 오토바이나 자전거가 훨씬 더 유리함을 주기도 한다.

지금 세상은 엄청난 변화의 소용돌이 속에 처해 있다. 이상 기후는 갈수록 심각해지고 있고, 예측하지 못하는 바이러스의 출현, 과학의 발전(발전인지 아닌지는 모르겠으나 아무튼 변혁) 등 우리가 살아가야 할 시간은 지금껏 우리가 살아왔던 지혜와 지식으로는 살아가기가 힘들다는 사실만큼은 확실해 보인다.

미국의 심리학자 쿠르트 레빈은 '혁신은 새로운 시도가 아니라 과거와 작별하는 데서 시작한다'고 하였다. 지금, 이곳, 과거의 연장선인 바로 이곳, 이곳의 위험성이 감지된다면 앞날을 예측하고 준비하기 이전에 먼저 도망쳐야 한다. 새로운 시작에 앞서 과거와 결별이 우선되어야 한다.

인간의 예측이란 맞을 가능성이 희박하다. 그러기에 예측하려 하기보다 창조해야 한다. 지금 여기, 이곳에서 도망쳐서 과거와 결별하고, 새로운 비전을 제시하는 스키조프레니아 인간형이야말로 이 시대가 요구하는 바로 그 사람일 것이다.

8. 젊음의 분주함이 싫어질 때

쇠락은 아름답다

젊은 날에 나는 시간의 쇠락이 아쉽지 않았다. 시간이 흘러가는 것이 좋았다. 시간이 흘러간다는 것은 더 이상 '기어이 살아 내야 할 삶'을 살지 않아도 됨이 허락되는 것이니.

젊어서 고생은 사서도 한다는 말이 싫었다. 젊으니 뭐든 다 할 수 있고, 뭐든 하면 되고, 뭐든 도전할 수 있는 나이라고 말하는 것이 무책임해 보였다. 젊다고 다 가능하진 않은 것이 참 많았기 때문이다. 세상의 벽은 높고, 거칠고, 좁았다. 오히려 젊어서 할 수 없는 것이 많다 여겨졌다. 그래서 나는 모든 낡아 감이 좋았고, 쇠락함을 사랑했고, 죽어 감이란 평온함과 직결되었다.

그런데 어느 날, 가을이 오는 일이 슬퍼지기 시작했다. 내 인생의 가을을 맞이하며 가을이란 계절이 나와 동일시되었을까? 젊었을 때는 그토록 갈구했던 나이 듦의 평온함이 내 눈앞에 나타나는 순간, 나는 마침내 그것이 두려워지기 시작했다. 그 두려움의 정체는 더 이상 두근거림이 없다는 것이다. 더 이상 무언가, 강렬히 열망하지 않는다는 것이다.

장석주 시인은 '푸른 궁륭 위의 별들을 볼 때마다 심장이 뛰곤 한다'고 했다. 어린 날부터 별들을 사랑했다고 한다. 나는 시골의 황금 들녘을 보면 심장이 뛰곤 한다. 나의 여고 동창은 낡고 오래된 집을 보면 심장이 뛰곤 한단다.

같이 여행을 하는데 낡은 집을 리모델링 하기 위해 옛 기와집을 기본 골격만 두고 다 부숴 놓은, 참으로 기괴스러운 집을 보고 친구는 차를 세웠다. 너무 아름답지 않냐고 나에게 물었다. 글쎄, 난 옛것과 새것의 조화가 좋은데…….

친구는 오래된 것들을 좋아한다. 7·80년대에 만들었던 파란 대문, 격자무늬가 그려진 불투명 유리 창문, 할머니가 대청마루에 앉아 집중하며 발을 굴리던 그런 재봉틀, 다 쓰러져 가는 것들, 아무도 쳐다보지 않는 것들, 하찮은 것들…….

생긴 건 허여멀건하게 서양 여자같이 생겨서는 취향이란 참 어울리지 않게 옛스럽다. 아마도 유년의 기억 때문이 아닐까? 어린 날의 아름다운 추억, 어린 날의 위로가 사물에 붙어 지금의 나에게 따뜻함을 주는 그런.

어린 날의 나에게 황금 들녘은 위로였다. 1년간의 치열한 시간에 대한 보답 같은 것. 어린이날을 바쳐 가며 모내기를 하고, 친구와의 수다를 포기하고 미숫가루를 타서 엄마가 일하는 논을 찾아야 했던 시간에 대한 보상 같은 것. 이제는 좀 쉴 수 있다는 안도 같은 것. 겨울 한

철 좀 느긋해질 수 있다는 평안 같은 것. 그러한 기억들이 어른이 된 나에게 따뜻함으로 남아 가을 들녘의 벼 이삭의 자태에 심장이 두근거리는 것은 아닐까!

나이 든 우리는 이제 이런 것에 두근거리고 있다. 젊음의 기억에 기대고 있는 것이다.

시간의 쇠락이 주는 형벌은 더 이상 두근거리지 않는 것이라는 생각이 든다. 무엇에 많이 행복하지도, 무엇에 많이 분노하지도 못하는 마음. 아주 대단히 좋지도, 아주 대단히 싫지도 않은 그런 마음. 젊었을 때는 어서 그런 마음이 되고 싶었다. 아타락시아(마음의 평정)를 사모했다. 나이가 들면 그것이 될 거라는 많은 이들의 조언은 그야말로 맞았다.

가을이 되니 가물어지기 시작했다. 여름 내내 쏟아지는 빗물로 인해 세차게 흐르던 냇가의 물은 더 이상 세찬 흐름을 가지지 않았다. 냇가를 지나가며 음악을 듣노라면 음악 소리를 다 덮을 만큼 많은 물소리가 이제는 침묵하고 만다. 그토록 시끄럽게 울어 대던 개구리 소리도 사라졌다. 내(川)는 그저 조용히 흐른다. '흐른다'는 표현이 무색하리만큼 아주 조금씩, 겨우 밑으로 내려갈 뿐이다. 그마저도 안 되는 어떤 구역에선 멈추어 있다.

속이 다 드러난 냇가. 몰골이 부스스하다. 피골이 상접한 노인의 모습을 한 내(川)를 바라보며 얼마 지나지 않아 나의 모습을 보는 듯하여 괜시리 슬퍼진다.

"가장 아름다운 것은 슬픈 빛깔을 띤다. 아름다운 것이 슬픈 것은 그 아름다움이 영원하지 않을 뿐더러, 그것을 손에 쥐는 게 애초 불가능하기 때문이다. 단 한 번의 예외도 없다. 생명들은 저마다 이 유한함을 질기게 살아 낸다."

장석주 시인의 에세이 『우리는 서로 조심하라고 말하여 걸었다』는 시인의 시인됨을 잘 보여 주었다. 나에게 많은 자극과 언어의 아름다움을 알려 준 책이다. 특히 걷기와 시간에 대한 그의 해석은 나의 사색의 폭을 넓혀 주었다.

"너는 존재한다 – 그러므로 사라질 것이다
너는 사라진다 – 그러므로 아름답다"

– 비스와바 쉼보르스카 「두 번은 없다」 中

모든 사라짐은 슬프다. 그래서 더 아름다운 빛깔을 띤다. 영원히 살 것이라 생각하면 더 이상 살고 싶지 않을 것 같다. 젊음처럼 심장이 떨리는 일이 내게는 더 이상 없지만, 유한함의 아름다운 빛깔을 느낄 수 있을 만큼 나이를 먹었다는 사실에 만족한다.

가을의 초입에 들어선 나는 봄과 여름을 잘 살아 내고 이제는 천천히 흘러도 되는 가을의 내(川)를 응원하며 함께 즐거이 겨울을 맞이하자 말해 본다.

여름의 폭풍우를 겪느라 이리 치이고, 저리 치이고 사는 젊음의 시간들, 무한히 꿈꾸었으나 쉬이 꿈이 이루어지지 않아 좌절하기도 하는 그 시간, 너무 분주하여 빨리 늙어 버렸으면 하는 그 시간들에게 불혹이 지나 그때의 나에게 말하고 싶다.

"순간을 살아라. 무엇인가가 아름다운 건 유한하기 때문이다."

9. 일상이 형벌로 느껴질 때

반복 속에서 차이를 발견하라

그토록 힘겹다던 임용 시험을 합격하고 한 2년쯤 지나서 후배가 찾아왔다.

"선배! 선배는 선배 마음대로 수업하죠? SNS 보니까 꽉 샘(수필론 전공 교수님)이 수업 시간에 강조하신 재미있는 활동도 하고 그러시던데. 저도 배운 대로 뭘 좀 해 보려 해도 학교에서 이렇게도 저렇게도 못 하게 하고. 제가 생각했던 교단이랑 너무 달라요. 층층시하 눈치 보며 매일 무의미한 수업만 반복하는 것 같아요. 그만두고 저도 사교육으로 올까요?"

첫 출근을 하던 후배의 접시꽃같이 환한 얼굴은 온데간데없고, 몇십 년 근무한 노교사의 피곤한 얼굴을 하고 후배는 말했다.

"한 이십 년 교단에 있어 보고, 그래도 싫으면 와. 우리 학원 에이스 강사로 받아 줄게."

농담 반, 진담 반으로 후배에게 말했다.

삶이란 배신의 연속이다. 이론과 실제는 다르고, 기쁨은 어느새 고통이 되어 뒷목을 잡게 한다. 그토록 바라던 것도 손에 넣으면 아무것도 아니게 되고, 설렘도 익숙해지면 지겨움이 된다. 죽도록 사랑하던 이도 숨소리마저 듣기 싫어질 때가 오기도 한다. 반복이 주는 고통이다. 그러나 그게 삶이다.

그리스·로마 신화에 코린토스시를 건설한 시시포스 왕의 이야기가 있다. 시시포스는 지혜로웠지만 그것이 나쁜 쪽으로 작용해서 교활한 면이 있었다. 욕심이 많아서 자신에게 이로운 쪽으로 머리가 잘 돌아갔던 것이다.

시시포스가 죽을 날이 되어 죽음의 신인 타나토스가 그를 데리러 왔다. 우리나라로 치면 저승사자쯤 된다. 그러자 시시포스는 타나토스를 속여서 산 채로 잡아 족쇄를 채우고는 가두어 버렸다. 참 대단한 시시포스다. 그의 꾀에도 불구하고 전쟁의 신 아레스가 타나토스를 구해서 시시포스를 데려간다.

시시포스는 자신이 언젠가는 죽게 될 것이라는 것을 알고 아내에게 자신이 죽더라도 절대로 제사를 지내지 말라는 이야기를 해 두었다. 덕분에 아레스에게 붙잡혀 저승으로 쫓겨간 시시포스는 제사를 받지 못하게 된다.

시시포스는 저승을 통치하는 하데스에게 사정을 이야기하고는 아내에게 제사를 지내 줄 것을 설득하겠다며 다시 이승으로 돌아갈 수 있게 해 달라고 부탁했다. 이 나라도 우리나라처럼 제사가 대단히 중요했던 모양이다. 당연히 아내에게 부탁만 하고 바로 돌아오겠다고 약속도 했다. 하데스의 허락을 얻어 이승으로 돌아온 시시포스는 약속을 깨고 돌아가기를 거부했다. 그러자 헤르메스가 출동해서 그를 강제로 데려온다.

다시 저승에 붙잡혀 온 시시포스는 하데스로부터 무서운 벌을 받게 된다. 거대한 바위를 언덕 위로 굴려 올리는 형벌이었다. 바위를 언덕 위로 굴려 꼭대기에 도착하면 돌은 다시 아래로 굴러떨어지게 된다. 중력의 힘 때문이다. 그리하여 시시포스는 영원히 거대한 바위를 언덕 위로 굴려 올리는, 끝나지 않는 형벌을 받게 되었다.

시시포스의 형벌을 '무용한 형벌'이라고 한다. '무용(無用)'하다는 것은 쓸모없다는 뜻이다. 우리의 일상도 매일 이렇게 똑같은 일의 반복처럼 느껴져서 무용한 것처럼 보이기도 한다.

알베르 카뮈는 시시포스가 처한 현실이 부조리한 세상, 바로 우리 인간이 처한 현실과 같다고 보았다. 그러니까 시시포스는 모든 인류를 상징하는 것이다.

시시포스의 형벌, 이 부조리한 형벌로 인해 시시포스는 신들에게 경멸을 보낼 수 있다. 신은 인간이 이 부조리에 대해 반항할 수 있는 무기를 준 셈이다. 그런데 시시포스는 형벌을 스스로 받아들인다. 절망하지 않고 주체적으로 행동한다. 그래서 카뮈는 그를 형벌을 받고 있는 가엾은 피해자로 보지 않고, 능동적인 행위자로 보았다.

인간은 자신의 의지대로 살아가는 주체적 역량이 있다. 주어진 상황을 형벌로 선택하든지, 기회로 선택하든지, 그것은 자신의 힘의 의지에 따라 움직인다.

텔레비전에 달인들이 소개된다. 한 영역에 있어서 오래도록 반복하여 숙련된 사람들을 우리는 존경한다. 그들을 전문가라고 말한다. 대대로 식당을 하는 사람들을 '원조'라고 일컫는다. 이처럼 똑같은 일을 한다는 것은 지겨울 수도 있겠지만 잘하게 된다는 장점이 있다. 즉, 반복이 차이를 만들어 낸 것이다.

고대 철학자 헤라클레이토스는 "우리는 같은 강물에 손을 씻을 수 없다."고 말했다. 어제도, 그저께도, 지금도 강물은 여전히 흐르고 있다. 똑같아 보이는 강물이다. 그러나 어제 내 손을 씻었던 그 물은 지금 흐르는 이 물이 아니다. 같아 보이지만 같을 수 없다는 말이다.

철학자 들뢰즈는 인생을 드라마에 비유한다. 인기 있는 드라마들을 살펴보면 정해진 패턴이 있다. 사랑하고, 갈등하고, 이별한다. 시청자들은 그 드라마를 끝까지 보지 않더라도 결론이 어떻게 될지 대충 파악이 된다. 그럼에도 불구하고 마치 전혀 다른 이야기인양 드라마를 즐거이 보곤 한다. 패턴은 같으나 등장인물이 다르고, 상황이 다르기 때문이다.

우리 인생도 이와 같다. 하루하루 누구나 사는 것이 거기서 거기

별반 다르지 않아 보인다. 그 많은 반복 가운데서 작은 차이를 겪으며 우리는 인생의 새로움을 만끽하곤 한다. 반복이 주는 효율은 누리고, 미묘한 차이를 즐길 수 있다면 인생은 형벌이 아닌 만족이 될 것이다.

그래도 일상이 지겹다면 반복의 재정렬화가 필요하다. 작은 변이를 주는 것이다. 반복이라고 하는 것은 애초에 차이를 내포하고 있다. 처음에는 '차이'로 존재했던 것이 여러 번 겹치면서 동질화된 것이다. 그러니 그 동질화를 깨는 '무엇'이 필요하다. 첫걸음으로 돌아가 보든지, 다른 걸음을 걸어 보는 것이다.

위로가 되는 것은 이런 반복이 주는 고통은 카뮈의 말처럼 개인의 문제가 아닌 인간 종 전체의 문제이다.

우리는 저마다의 바위를 굴리고, 또 함께 굴려 간다. 때로는 꼴도 보기 싫은 가족도 힘이 되고, 감당하기 어려운 상사도 도움이 된다. 이러구 저러구 지겹게 아이를 키워도 아이는 자라고, 아무리 공부해도 공부할 게 많기만 한 학생도 어느덧 전에 풀었던 수학 문제를 쉽게 풀고 있는 자신을 발견하게 된다.

다시 삶을 '정렬'해 보면 삶은 '의미'로 다가온다. 그 작은 차이는 마치 흰 도화지에 검은 점을 찍은 것처럼 큰 효과를 낸다. 무수히 많은 점 사이에 또 하나의 점은 표가 나지 않지만, 하얀 도화지에 찍히는 점은 여백을 깨고 온 시선을 집중시킨다. 점들 속에 또 하나의 점으로 보지 않고 점 하나를 뚝 떼어 내어 볼 수 있는 눈을 가지면 그 점 하나는 '의미'가 된다.

정말 미치도록 싫은 상사에게 먼저 인사를 건넬 때 관계는 쉬이 풀어지기도 한다. 나만 보면 조언이랍시고 듣기 싫은 말을 하는 친구에게 내가 먼저 칭찬의 말 한마디를 할 때 그 친구의 그런 말들이 사라지기도 한다.

자세히 보면 모든 걸 못 하는 후배도, 모든 게 싫은 사람도 없다. 어떻게든 찾고자 하면, 단 한 가지 정도는 내 마음에 드는 구석이 있다.

우리의 거칠고 지리멸렬하고 죽을 것 같은 일상 속에서 아주 사소한 말과 행동이, 조금의 생각의 변화가, 잠깐의 멈춤이 여행 같은 일상을 부여한다.

시시포스는 반복하여 바위를 굴려야 하는 그 부조리 속에서도 '의미'를 찾아냈다. 그리하여 카뮈의 말처럼 그는 '행복한 시시포스'가 될 수 있었다. 우리 또한 같은 강물 속에서 '의미'를 찾아내는 눈을 가진다면 바위를 굴리는 일은 더 이상 무용한 일이 되지 않을 것이다.

10. 죽음이 두려워질 때

죽음을 기억하라

"암입니다."

몇 년 전, 엄마는 암에 걸렸다. 다행히 죽음에 이르는 암은 아니라서 수술을 하고, 항암치료를 하고, 주기적으로 병원을 다니며 더 이상의 전이는 막았다. 암이 가장 무서운 것은 죽음 때문일 테고, 그다음 그토록 그 병이 두려운 것은 전이 때문일 것이다. 암덩어리가 다행히 당장 죽지 않는 부위에 발생했다고 할지라도 이 무서운 세포는 전이율이 좋아 몸 어디로 가서 또 기필코 살아 내려 할지 모를 일이다. 수술을 하고 다 나았다 한들 재발 확률도 높다 하니 한번 암이라는 글자가 붙은 이후의 삶은 그 병에 묶인 시간이라고 할 수밖에 없다.

그렇게 엄마의 뒷바라지를 하며 몇 년이 흘렀는데, 나는 다시 그 소리 앞에 섰다.

"아무래도…… 암으로 보입니다."

쉬이 입 밖으로 말을 못 꺼내는 의사는 무거운 음성으로 말했다. 병원을 나와 홀로 운전을 해서 집으로 돌아오는 길, 생각지도 못한 말에 눈물이 흘러내렸다. 피곤한 원인을 한번 찾아보자 해서 간 병원에서 들은 말은 예상 밖의 천둥소리.

그 짧은 문장 하나로 나의 삶은 송두리째 바뀌었다. 초음파, CT, 조직검사. 각종 검사를 이 병원에서, 저 병원에서 반복했다. 병원마다 조금씩 다르게 말을 했기도 했고, 안 좋은 결과가 나오면 믿고 싶지 않은 마음 때문이기도 했다. 예약을 하고 검사를 받기까지 한 달을 기다리고, 검사를 한 후 또 한 달을 기다려 결과를 듣는 시간을 반복하였다. 그사이 혹시나 전이가 되어 더 심각해지는 것이 아닐까, 내심 걱정이 되는 답답한 시간들이었다.

조금이라도 그 주변이 아프면 죽음이 구체적으로 눈앞에 와 앉아 온갖 상상은 괴물같이 들러붙었다.

처음에는 화가 났다. 아직도 달려가야 할 젊은 날이라며 마음은 현실을 쉬이 받아들이지 못하고 부글거렸다. 최악의 상황까지 고려하며 많은 생활들을 정리했다. 혹시나 수술을 하게 되면 긴 머리가 걸릴 것 같아 몇 년을 기른 머리도 단발로 잘록 잘랐다.

일도 하나씩 정리했다. 6개월 후의 일은 아예 받지 않았다. 달려가기만 했던 시간들을 하나씩 정리하면서 꽉 쥐고 있던 주먹이 의외로 잘 펴짐을 느꼈다.

한편으로 시원함까지 느껴졌다. 단 한 번도 생각해 보지 못한 길 앞에서 하나씩 하나씩 내려놓고 떠나보내는데, 그 '정리'라는 건 생각보다 간단했다. 그것 없이는 존재의 의미가 없을 것 같은 많은 것들이 한순간에 정리가 되었다.

그러나 긴 시간의 검사 결과, 암은 아. 니. 었. 다. 오른쪽 마비 증상도, 머리에서 나는 이상한 소리도, 걸음을 잘 못 걷는 것도, 오른팔을 못 움직이는 것도 다 이것과는 상관이 없단다. 생김새는 암처럼 보이나, 아무튼 암은 아니란 거다. 단지 다량의 혹과 생김이 암으로 발전될 가능성이 높으니 주의하며 지속적 관리가 필요하다는 소견을 최종적으로 받았을 때, 그토록 나는 죽음을 두려워하고 있다는 사실을 깨달았다.

들었던 죽음, 보았던 죽음, 가장 가까운 이의 죽음일지라도 그와 나 사이엔 눈에 보이지 않는 간극이 있다. 아무리 사랑하는 사람일지라도 죽음 앞에선 철저히 타인인 것이다. 그 거리감이 사무치게 외로운 고통을 주었다. 그때 알았다. 사랑하는 엄마의 암도, 사랑하는 이의 죽음도, 나의 죽음과는 달랐음을. 나의 죽음은 날것, 그 자체였다.

의사는 많이 아프시겠지만 지금 아픈 걸로 죽지 않는다고 했다. '웃프다!'는 말은 참으로 기가 막히다. 나는 의사의 그 진지한 농담에 어안이 벙벙했다.

『인생수업』을 쓴 엘리자베스 퀴블러 로스도 호스피스케어를 하며 그토록 많은 죽음을 목격하면서 자신의 죽음에 대해서도 반면교사 삼을 만한 경험치를 가졌지만, 막상 자신의 죽음 앞에서는 그럴 수 없었다고 고백한다.

소천한 이어령 교수도 암 투병을 하며 마지막 인터뷰를 하면서 죽음은 동물원을 탈출한 사자와 같다고 표현했다.

유한한 인간에게 죽음이란, 그것도 갑작스러운 젊은 날의 죽음이란 쉬이 받아들여지지 않는다. 우리는 누구나 죽는다는 것을 안다. 그러나 사실, 그 앎이라는 것은 '모른다'에 가까운 앎이다.

> *"키제베터 논리학에서 배운 삼단논법을 보면, 율리우스 카이사르는 인간이다, 인간은 죽는다. 고로 카이사르도 죽는다는 것이다. 하지만 이반 일리치 자신은 카이사르도 아니고 일반적인 보통 사람도 아니다. 그는 언제나 자신을 남과 전혀 다른 특별한 존재라고 생각해 왔다."*

레프 니꼴라예비치 톨스토이의 작품 『이반 일리치의 죽음』에서 이반 일리치가 죽음 앞에서 한 생각이다. 누구나 아플 수 있고, 누구나 고통받을 수 있고, 누구나 절명할 수 있다. 그런데 그게 나라는 사실, 하필 나라는 사실을 받아들이긴 쉽지 않다. '내가 뭘 그리 잘못했다고?' 하며 신을 원망하는 마음이 불쑥 올라온다.

질병 앞에서 나는 아무것도 아니었다. 생에 대해서 별 연연함이 없다 여긴 나였고, 얼른 나이가 들었으면 하는 나였다. 가끔씩 너무 힘들 때면 신에게 이제 그만 세상을 떠나도, 여기쯤에서 떠나도 좋겠다, 기도한 적도 있었다. 그러나 막상 죽음 앞에 놓였을 때, 나는 신을 원망했다. '이제 좀 달려 볼까 하는데 왜 하필 지금이냐고!' 하고 말이다.

죽음에 객관적일 수 없었던 그 시간을 빠져나와 천천히 죽음을 되새김질하게 되었다. 지금 당장 죽음에서 살아나왔지만 나는 언젠가 죽을 테고, 죽음에서 영원히 자유로울 수 없다. 그래서 진짜로, 자세히, 오래 공들여 한 번도 생각지 못했던 죽음에 대해서 신중하고 골똘하게 계획을 세웠다. 죽음에 대한 계획.

열심히 노력한 결과 항소법원 판사가 되고, 명예와 재력을 모두 갖춘 이반 일리치. 나름 스스로도 성공한 인생이라 여기며 잘 살아가고 있던 이반 일리치는 어느 날 갑자기 아팠고, 그 아픔은 급속도로 빨라져 죽음을 가져다주었다. 죽음 앞에서 그는 날것의 자신과 직면했다. 명예와 재력, 그가 그토록 가치 있게 여긴 모든 것은 죽음 앞에서 아무런 힘이 없었다. 잘하고 있다 여겼던 남편의 역할, 아버지의 역할은 그야말로 형편없었음을 그제서야 알게 되었다.

철저히 혼자, 극명한 외로움 속에서 마지막의 순간, 그는 아내에게 '쁘로스찌(용서해 줘)'라고 말하고 싶었지만 '쁘로뿌쓰찌(보내 줘)'라고 말하고 말았다. 하지만 그 말을 바꿀 힘도 없어서 손을 내저었다. 알아들을 사람은 알아들을 것이라 여기며. 그렇게 '안녕'이었다. 참 웃픈 마지막이다.

'난 정해진 대로 그대로 다 했는데 어떻게 잘못될 수가 있단 말인가?'

그는 죽음 앞에서 자신의 진짜 인생을 알게 되었다. 한 걸음씩 산을 오른다고 생각했지만 사실은 한 걸음씩 산을 내려가고 있었다는 사실을. 그가 없으면 마치 이 온 우주가 멈출 것 같지만 그의 자리를 호시탐탐 노리고 있던, 그의 죽음을 속으로는 기뻐할 친한 친구들이 대신할 것이다. 아픈 자신을 두고 파티에 나가는 가족들은 잠시 미안하겠지만 그가 죽었을 때 한편 시원해졌을 것이다. 그렇게 세상은 아무렇지 않게 또 흘러간다.

어떻게 죽을 것인가? 인생의 계획이 필요하듯 죽음의 계획이 필요하다. 죽음을 두려워하지 말고, 죽음을 이기는 그런 계획. 죽음의 계획이 사실은 삶의 계획이다. 죽음을 목표로 한 삶의 계획 말이다.

죽음이 무겁게 다가온 어느 날, 리 언크리치 감독의 영화 <코코>를 보게 되었다. 환상적인 영상미와 아름다운 노래로 죽은 자의 나라를 그리고 있는 이 영화는 죽음을 한결 가볍게 만들어 주었다. 그리고 나의 죽음에 대한 계획에 거대한 일조를 하였다.

대대로 신발을 만들고 있던 집안의 작은 아이, 멕시코의 시골에 사는 열두 살 소년 미구엘은 가수였던 고조할아버지의 피를 이어받았는지 이 집안에서 유일하게 노래를 사랑하였다. 코코 할머니의 아버지인 헥토르는 코코를 남겨 두고 거리로 나가 노래를 했다. 그러다 친구가 준 독이 든 술을 마시고 죽고 말았다. 영원히 집으로 돌아올 수 없었던 헥토르는 집안에서 사람 취급도 못 받는 가족을 버린 방탕아로 낙인찍혔고, 그 이후로 아무도 노래를 부르지 않았던 것이다.

이 현실을 받아들이기 힘든 노래에 빠진 미구엘은 멕시코 고유의 명절인 '죽은 자의 날'에 집안의 반대를 무릅쓰고 노래대회에 나가기로 했다. 하지만 코코 할머니의 딸인 마마는 미구엘의 기타를 부숴 버린다. 무슨 수를 써서라도 노래 대회에 나가고 싶었던 미구엘은 헥토르를 죽이고 유명세를 얻은 델라크루즈의 기념관에서 전시된 기타를 훔친다. 그걸 계기로 미구엘은 죽은 자의 세상으로 가게 된다. 그곳에서 미구엘은 죽은 조상들을 만나게 되고, 진실을 알게 된다. 헥토르의 아내이며 코코의 어머니인 이멜다는 헥토르가 코코와 자신을 버리고 간 것으로 알고 세상을 떠났지만, 사실 헥토르는 자신의 꿈을 위해 가족을 버린 것을 후회하고 집으로 돌아가려고 했다.

이 영화의 설정에서 재미있는 지점은 죽은 자를 기억해서 산 자들이 죽은 자의 사진을 제단에 놓아야만 죽은 자가 자신의 세상에서 자유롭게 다닐 수가 있고, 산 자가 죽은 자가 되었을 때 만날 수도 있는 것이다. 기억되지 못하면 살아서도, 죽어서도 영영 만나지 못하게 된다. 그래서 아무도 기억해 주지 않는 헥토르는 죽은 자의 세상에서도 배제된 영혼이었다. 그를 기억하는 코코마저 나이가 들어 점점 더 아버지를 잊어 갔고, 그녀가 그렇게 그를 잊어버리면 영영 그의 존재는 사라져 버리는 것이다.

영화는 '죽음'과 '기억'이라는 소재를 극명하게 연결하여 코믹하고 재미있게, 또 발랄하게 묘사해 내고 있다. 기억하고 있으면 죽음을 죽일 수 있음을 말하고 있다. 또한 우리가 어떻게 기억되어야 하는가에 대해 무겁게 질문한다.

> "기억해 줘. 지금 떠나가지만. 기억해 줘. 제발 혼자 울지 마. 몸은 저 멀리 있어도 마음 너의 곁에. 기억해 줘. 내가 어디에 있든. 기억해 줘. 널 다시 안을 때까지."

헥토르가 코코의 어린 날 밤마다 들려주었던 노래. 너무도 늙어 이제 미구엘의 이름까지 잘 떠올리지 못하던 코코 할머니는 미구엘이 들려주는 이 노래에 반응한다. 아름다웠던 기억은 죽음을 뛰어넘어 따뜻한 마음을 전달한다.

나는 어떤 사람으로, 어떤 엄마로, 어떤 아내로, 어떤 선생님으로, 어떤 친구로, 또 그 '어떤'으로 기억되고 싶은가!

그 모든 아름다운 기억들이 응축된 마침표를 찍기까지 나의 생의 의지는 지금까지와는 다르게 뻗어 갈 것이다. 기억되고 싶은 '나'로 살면서.

참고한 책

- 크누트 함순, 『굶주림』
- 노자, 『도덕경』
- 보후밀 흐라발, 『너무 시끄러운 고독』
- 니콜라이 고골, 「외투」
- 찰스 디킨스, 『위대한 유산』
- 캐럴라인 냅, 『명랑한 은둔자』
- 제인 오스틴, 『오만과 편견』
- 유진 글래드스톤 오닐, 『느릅나무 아래의 욕망』
- 메리 셸리, 『프랑켄슈타인』
- 시오노 나나미, 『로마인 이야기』
- 가브리엘 마르케스, 『호박색 밤』
- 마르그리트 뒤라스, 『모데라토 칸타빌레』
- 잭 런던, 『야성의 부름』
- 아사다 아키라가, 『도주론』
- 아쿠타가와 류노스케, 「라쇼몽」, 「덤불 속」
- 프랑수아즈 사강, 『브람스를 좋아하세요…』
- 아멜리 노통브, 『푸른 수염』
- 아네테 멜레세, 『키오스크』
- 허먼 멜빌, 『바틀비』

- 볼테르, 『**캉디드**』

- 밀란 쿤데라, 『**무의미의 축제**』

- 기쿠다 미쓰요, 『**종이달**』

- 장 폴 사르트르, 『**구토**』

- 루이제 린저, 『**생의 한가운데**』

- 박연준·장석주, 『**우리는 서로 조심하라고 말하여 걸었다**』

- 엘리자베스 퀴블러, 『**인생수업**』

- 도스토옙스키, 『**죄와 벌**』

- 셰익스피어, 『**맥베스**』

- 곤도 마리에, 『**정리의 마법**』

- 김완, 『**죽은 자의 집 청소**』

- 레프 니꼴라예비치 톨스토이, 『**이반 일리치의 죽음**』

- 쇼펜하우어, 『**의지와 표상으로서의 세계**』

- 카뮈, 『**시지프 신화**』

참고한 드라마 & 영화 & 노래

- <펜트하우스>
- <빈센조>
- <검색어를 입력하세요 WWW>
- <무브 투 헤븐>
- <블러드 다이아몬드>
- <Mistress America>
- <은밀한 유혹>
- <흐르는 강물처럼>
- <300>
- <먹고 기도하고 사랑하라>
- <신의 한 수>
- <코코>
- <Tom's Dinner>